U0652675

二月河说反腐

二月河◎著

人民出版社

目　录

小说节选篇

访谈篇

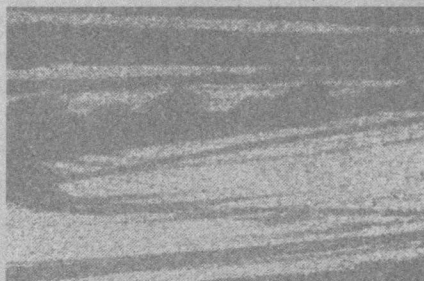

现在的反腐力度
读遍二十四史都找不到 *

我想告诉大家，我们民族曾经发生这样的事情

问：您创作的《康熙大帝》《雍正皇帝》《乾隆皇帝》三大历史小说，广受海内外读者欢迎。当初为什么选择这些历史人物作为创作题材？

二月河：1982年在上海召开的第三次全国《红楼梦》学术讨论会上有人提到，康熙对我们中国历史贡献很大，但是到现在没有一部像样的文学作品，我脑子一热就说由我来写。

中国封建社会从秦始皇开始算起，到宣统皇帝结束，辛亥革命以来，我们都是把注意力放到民族解放

---

* 选自中央纪委监察部网站《聆听大家》系列访谈第一期。

当中来看这两千多年政治历史的。从大历史的格局来看，当时还没有一部完整的文学艺术作品对中国封建社会的总体情况作较为全面的观照，包括中国封建社会的政治、经济、文化、社会，还有军事等诸如此类的形态，因此需要有一部全方位观照大历史的作品。

问：您怎样看待您笔下的这些人物？

二月河：像康熙、雍正和乾隆这样的历史人物，我们用什么样的历史观来观照他们，这很重要。十一届三中全会后，提出检验真理的唯一标准就是实践。那么检验历史人物的标准也应该是历史的实践。我以这样三点来评判历史人物：第一，在中国历史上，是否对国家的统一和民族的团结作出过贡献；第二，在发展当时的生产力，调整当时的生产关系，改善当时人们的生活水平这几个方面，是否作出过贡献；第三，凡是在科学技术、教育文化、发明创造这些方面作出贡献的就予以歌颂，反之就给予鞭笞。

我写皇帝并不是对皇帝情有独钟，是因为这样的人容易带领全局。他们都是当时的最高统治者，而且他们所带领的时代又是中国封建社会最后一次辉煌，在回光返照中把中国传统文化的辉煌呈现出来。

这三部是皇帝系列，又叫"落霞"系列，我们的文明在那时像晚霞一样绚丽，同时又存在一些很要命的东西，这就是太阳就要落山时的美丽与忧虑。忧虑的是我们的文明当中不只有精华，也存在糟粕，比如对于权力无原则的崇拜，对个人名利无止境的渴望和追求，文化上故步自封，夜郎自大等等。

我曾经给四十三位中科院的院士上课，问他们当中有没有人既是政治家、农学家、数学家，又是军事家、书法家，还精通几门外语。康熙就是这样的人。数学当中的一元二次根，他很早就解过，还有农学中在试验田种植双季稻，都是他。康熙甚至还组建了我国第一个皇家科学院。

如果商贸来往从康熙时期不停，西方工业革命的信息可使中国的工业革命大致与西方同步，或许就不至于有鸦片战争。所以我讲，康熙是中国的潘多拉。我写这三位皇帝，就是想表明，我们处在一个重要的历史转折关头却没有抓住机遇，与工业革命擦肩而过。我用这样的艺术形式来告诉大家，我们民族曾经发生这样的事情。历史总是在提醒我们，不要重蹈覆辙，作家的责任就在于此。

冯其庸先生说，你什么都不要搞了，《康熙大帝》就是你的前程

问：刚开始创作时，有人质疑您，整个创作过程也非常不易，这么多年您是怎么坚持过来的？动力和信心来自哪里？

二月河：我年轻的时候也是雄心壮志，父母亲很早就参加革命，周围的人都算成功人士，于是自己也想将来一定做一番事业。可是，父母亲所在的部队调动频繁，我只好不断地转学。上学没有上好，小学、初中、高中都留级了，留到 1966 年。"文化大革命"开始后，高考没了，去当兵，参军又十年，三十三岁才当了指导员。别人三十三岁当正团，我还是一个副指导员，我不想当官了，我想做点事情。不能做官就在文学这条路上走一走。于是，我走上研究《红楼梦》这条道路。我把我写的研究文章寄给红学会，他们也没有给我回信。后来，我给红学家冯其庸先生写信，我说我写的稿子请您看一看，如果我真不是研究《红楼梦》的料，请您给我回一封信写几个字，我不在这儿浪费时间了。如果您觉得我是这块料，也给我回几个字。这个信去了几天，冯其庸先生给我回信了，洋

洋洒洒一百多字，主要就是说觉得我可以，这样我就走进了《红楼梦》。后来，1982年在上海召开全国第三次《红楼梦》学术研讨会后，我开始写作康熙。

到1985年，我已经写了十七万字的《康熙大帝》，冯其庸先生看过后说，你什么都不要搞了，《康熙大帝》就是你的前程。1985年底，我写了三十四万字的《康熙大帝》，第二年6月份这个书就出来了。人生成功一个是力气，一个是才气，再一个还要有运气。

找一个省文联主席容易，找一个二月河难

问：您说曾有做官的机会，可您拒绝了，刚开始不是就想做官干一番事业吗？

二月河：也曾有过想通过当官有所作为的想法。可是在走上文学道路后转变了。十五年前省委组织部找我谈话，说想让我当省文联主席。我跟他们讲，我说我不会管人，这是第一；第二我不会管事；第三我不会管钱。不能管事，不能管人，又不能管钱，你叫我来干什么？想当这个文联主席的人多得很，但是我要告诉你们一句，找一个省文联主席容易，找一个二

月河难，我说我也不用考虑了。现在我是省文联名誉主席，不管事不管人不管钱，是一个自在人。我做事情比较专心，这也是一种定力。你如果拿不定主意，又想做官又想做事，也可能官也做不好，事也做不好。

鱼和熊掌不可兼得，你想发财就做生意，要做官就不能想发财

问：现在有些干部既想当官，又想发财，这种情况令人担忧。

二月河：是，鱼和熊掌不可兼得，你想发财就做生意，要做官就不能想发财。根本的问题是你自己有没有立场，这跟自己的价值观有关，跟自己受到的家庭教育有关。

在我小时候，因为钱的问题，我母亲不知道说了多少次。她说将来两个错误你不能犯，一个是不是你自己的钱你不能要。不是你的钱，一分也不能要。一个是作风上不要叫周围人对你有议论。这两条原则掌握住，剩下的问题家长可以帮你，朋友、老师都可以帮你，这两方面出了问题，别人帮不了你。这就为我

以后的人生设立了一些不能逾越的杠杠。

历史告诉我们，腐败不会导致速亡，但腐败能导致必亡

二月河：我在几个场合一直对干部这样讲：腐败不会导致速亡，历史上没有这个效应，但腐败能导致必亡。满军入关的时候，只有八万五千兵力，吴三桂在山海关的驻军是三万五千人，合在一起就是十二万人。汉族的兵力是多少呢，李自成的铁骑部队有一百多万，加起来汉族的武装力量在四百万人以上。可是十二万人打四百万人，却如入无人之境。为什么，因为你腐败了，四百万人也就是一堆臭肉，不腐败，十二万人也能变成一把剁肉的刀。崇祯皇帝最后是什么样子呢？只能跑到景山自杀了。这些历史的细节真切地告诉我们，腐败与每个人都有关联。不是说某人因为腐败被抓进去了才有关联，那只是在来早与来迟之间的差别。到了某一天，腐败蔓延至全社会，社会"糖尿病"的并发症整个发作，你说你往哪里逃？毛泽东同志讲过，崇祯不是个坏皇帝，可是在那样的情况下，他又有什么办法呢？所以说到了那一天，大家

知道的时候已经为时晚矣。人清醒是需要条件的。很多人清醒是在大祸临头时，在东窗事发时，在接受调查时。到那时清醒还有什么意思，错误已经铸成。

对权力的无原则崇拜是导致腐败的一个重要原因

问：文化中的糟粕反映在社会生活中会带来什么样的后果？

二月河：腐败问题，实际上就是这些糟粕带来的直接后果。比如，对权力无原则的崇拜是导致腐败的一个重要原因。蒲松龄在《聊斋志异》里的《夜叉国》中回答"什么是官"时说，"出则舆马，入则高堂；上一呼而下百诺；见者侧目视，侧足立：此名为官"。就是说当官以后享受特权，产生一种与众不同的心理感觉。对权力的迷信和崇拜可以说是几千年养成的。古人讲，万般皆下品，唯有读书高，为什么读书高呢？因为读书可以接近权力，或者说有可能进入权力阶层。

那这种态势，要怎么改变呢？这就需要栽培除了权力之外别的值得崇拜的东西，比如说学识、品性，比如说典型人物，如焦裕禄、吴金印等。需要给这些典型人物以社会地位，如果你只是简单地宣传这些典型，可许多人在官员面前还是奴颜婢膝的，你叫群众怎么去崇拜典型而不去崇拜官员呢？

所以说要有游离出官本位的逻辑，让人们以其他的一些东西为荣为傲，才能分散对官本位崇拜的意识。这叫分一分崇拜，分一些给学者，分一些给那些在事业上有建树的人。这样人们就感觉到除了做官，还有其他事可做。我做学问，虽然不及官员，但是也能受到社会的尊崇，我的家族和我的亲人也会受到尊敬，那么这就可能会分散官本位意识。

如果腐败蔓延，经济再好、文化再好又能怎样？

问：有一种观点认为，经济高速发展，出现腐败问题在所难免，您怎样看？

二月河：中国的唐代和今天美国，有相同的地方。如都拥有世界上最强大的国家机器，武力都很厉害；都拥有世界上最高的 GDP。美国现在是占世界百分之二十，唐代已经达到百分之四十。唐代的长安是国际大都市，当时欧洲的人来唐朝朝拜，很羡慕。到乾隆年间我们的 GDP 还有百分之三十，但是到了道光年间就发生了鸦片战争，中国就变成了半殖民地的黑暗旧中国。两千多年以来中国的 GDP 一直是世界第一，但是说落后就落后了。

经济水平高也好，文化程度高也好，都不代表你强大。腐败蔓延，经济再好、文化再好又能怎样？宋代是经济大国、文化大国，是世界历史上文化程度最高的朝代之一，但也是政治腐败、社会生活腐朽的朝代之一。今天，无论从哪个角度看，都不能说宋代的中国是个强国。现在，有的人在跟我交流反腐问题时，都会把经济文化和治理腐败混在一起说。但我认为，对经济实力不能迷信，对文化实力也不能迷信。对政治的腐败，不能拿经济的繁荣、文化的灿烂这些事去抵消。一个政权如果不能维护国家完整，不能维护民族团结，不能下狠心治理腐败问题，其他方面再强大，都不能成为一个强大的国家。不管你有多高的 GDP，多大的文化体量，如果腐败横行，都会轰然倒塌。

我们不能迷信任何东西，不能迷信 GDP，要把国家综合实力搞上去，这是最根本的问题。中央是太阳，阳光照射到每个人心中，需要折射，折射到每个角落，同时要注入信仰的力量。

什么叫正能量，人民在追求光明，追求幸福，追求健康，向往人人都美好的世界，那么这种信仰支撑可以说是民族力量的现实所在。这个问题要综合利用。所以说我们党一定要把自身的这种力量通过各个领域层次把党的阳光折射到各个层面去，让各个领域沐浴这种阳光，那么整个社会的正气便可这样培育起来了。

现在的反腐败力度，读遍二十四史都找不到

问：当下，深化改革与反腐败已成为人民群众关注的热点，尤其是党的十八大以来我们党坚定不移改进作风，坚定不移惩治腐败，党心民心为之一振。您是如何看的？

二月河：现在的八项规定很有效，在社会上已基本形成良好的舆论风气。以前没有感觉这种东西是见不得人的，现在大家知道了。这种东西不能反弹，一旦反弹，可以说是你永远也禁不住了，再搞那比登天还难。这个八项规定给全党干部确定了一个最起码的、公开的社会底线。当前，中央的这种反腐是在争取时间。争取时间干什么？就是争取时间深化改革、

完善制度，制定长治久安的政策，因为腐败的问题惩治起来是很难的。贪官污吏在那个地方拼命地捞，捞的都是我们老百姓的钱，那老百姓当然是不满意的。我很拥护中央的决策，我们中央的决心很大，已经为老百姓所认知，大家也从心底拥护中央，因为腐败违反了人们最基本公正的道德底线。自古而今，没有因反腐而导致国家或者民族产生危机的，原因就在于，反腐植根于人民群众最基本的心理诉求。

我们党的反腐力度，读遍二十四史，没有像现在这么强的。这种力度绝对是不见史册的，但反过来说，腐败程度也是严重的。没有见过杀鸡给猴看，猴子不怕，甚至杀猴子给猴子看，猴子也不怕。我笑谈说腐败是中外两种文化的恶劣基因掺和到一起产生的杂交品种。可能是改革开放以来，随着商品大潮，还有各种思潮，鱼龙混杂，经济抓得紧，在思想道德方面、信仰方面抓得松，融合在一起就产生了这样的社会现象。

腐败和意识形态无关，什么制度下都会产生腐败

问：有的人认为西方制度下腐败问题不那么严

重，而您明确表示西方的制度不能用来约束中国的政治文化，为什么？

二月河：腐败和意识形态无关，不管什么样的意识形态，都要面临腐败问题。腐败是个社会病，不要把它和制度联系在一起。西方制度难道就没有腐败吗？我才在新闻上看到，法国前总统萨科齐正接受调查。所以说，无论在什么制度下，只要不管，或者只要放纵，腐败肯定要滋生，要繁衍。但是在权力相对比较集中，或者对权力的监督相对比较少的情况下，就更需要高层领导人有清醒的头脑。基层负责抓这个问题的人也要有自律，要自律和他律结合起来，可能就会好些。

有人尝试用"西药"治理贪腐顽疾，但我不认为西方制度能约束中国政治文化。中国有中国的特点，不可能照搬西方。相应的制度，还得靠我们自己来建立。

中西医结合可能会比较好。比如治病动刀子，这是西医，把腐败的部分毫不惋惜地剜出去；同时也加强内服，就是严厉整治。可以说是秉刀斧手段，持菩萨心肠。秉刀斧手段，那就是该查的查，该处理的处理。但我们实际上是治病救人，还需要警示，提醒更多的人不要走这种路，不要在这个问题上玩火。刀斧手段当然是西医，同时也要内服一些我们国学的营养，让更多的干部别出这种差错，让真正实心踏地干工作的人少一些顾虑。

腐败与人性有关

问： 您说腐败和意识形态无关，更多的和人性有关，怎样理解从人性角度治理腐败？

二月河： 贪欲是腐败产生的重要原因。但是人和动物不同，除了感性，还有理性。这种理性是后天的，它给你增加了警觉。如果没有这种警觉，父母亲的教诲、老师的教诲、领导的教诲，这些如果你都不在意，你难道还是个人吗？

秦始皇以来，历代搞文字狱，但是文化理性却始终没有泯灭，就是告诉你要做一个正派的人。孟子讲，人生三乐，父母俱在，兄弟无故；仰不愧于天，俯不怍于人；得天下英才而育之。这三个乐你放在一起看，就是说你怎样对天、对地，怎样对自己的祖宗、对自己负责任，这就是贯彻理性的责任心。如果你不孝不悌不忠不信不仁不义，这样的人，到现在仍旧是无法立足的。假如你讲外国人不孝不悌，不懂忠信礼义廉耻，他可能不在意，因为他们文化里没有这个基因。但如果是中国人，当你评价一个人时，就说我知道你这个人不孝顺，他就得满脸通红，站不住脚。这就是文化的力量，是社会舆论的力量。

懂得这个道理，对待贪官污吏，能不能把他的行为与其家族建立联系，在其心中树立家族荣誉感或耻辱感。这样，整个家族就会加强对子女的教育，可能家族的人就会说，咱家多少年都是忠厚传家，我们多少年都是正正派派做人，出一个贪官污吏会让我们一家人丢人。这样就把社会舆论力量这个砝码放进去了，这很可能比政府和上级的教育效果好很多。一生下来长辈就和我们讲，谁谁谁是我们家老祖宗，或者是说只要是贪污就不能进我们家祖坟，这是咱们家的规矩。通过这种方式能够有这样的家族荣耀感、家族耻辱感，能够渗透到我们的社会生活当中去。当然，这事做起来难度很大，这里作为一个理念提出来，希望引起社会的重视。

我们的社会学家、我们的教育家和我们的领导，需要共同努力树立这样的风气，我想可能会有一定好处。

把权力关进笼子里，笼子的钥匙放在哪？

问：纵览历史，有什么治理腐败的措施或制度值得我们借鉴？

二月河：我们现在说权力制约，把权力关进制度笼子里面，这句话说得非常到位。但是笼子的钥匙在谁那？钥匙要放在人民群众的手里面。如果权力关在笼子里，钥匙还在官员手里，那等于没用，笼子的钥匙要放在舆论监督和人民的手中，让反腐败更为公开，更为透明。要让官员对人民的事业有敬畏感，对自己的工作有担当。要让他们有一种意识，民生即是天心，如果民生搞不好，天怒人怨，那还能做得下去吗？这样他就会格外小心。

郭沫若在蒲松龄的故居写了一副对联：写鬼写妖高人一等，刺贪刺虐入木三分。他把贪和虐相提并论，是说当官的如果贪腐，看起来没有直接虐待别人，但是等于把别人的蛋糕分了，间接地虐待了别人。所以，切蛋糕的人要在人民目光之下做事，想偏心也要有所顾忌。

在人民监督方面，我们党已经采取了很多措施。通过新技术、互联网这种手段，比如通过我们中央纪委的网站实施监督，民众的介入度是空前的。过去不可能有这么多渠道，顶多就是写写信，现在很方便就可以把自己的意愿反映出来。可以说，这是我们中央顺应民意，也可以说是老百姓利用科技手段创造出来的这么一个结果。

我想在这里不妨谈一谈雍正的密折制度。这种制度是官员向中央和雍正反映情况，他们不一定光说负面的问题，还可以讲琐事，比如那个地方天气如何，收成如何，官员出了什么笑话，他都要给雍正汇报，作为中央掌握情况的一种材料。要了解情况，领导干部需要交一些基层朋友。这些基层朋友给你反映的情况也不一定大，就是把真实的情况反映给你，作为制定政策时候的一种参考。像这么一种党与群众的联系可能会使中央进一步耳清目明，再加上互联网，人民通过网络跟领导进行相对直接的沟通，这些对有效监督都有所裨益。

讲道理要紧密联系生活，搞"活体"解剖

问：严肃的题材让您写得引人入胜，读者爱看，这启发我们来思考对党员干部的教育如何能入脑

人心。

二月河：对于干部教育不要灌输，要结合我们民族、国家、社会和每个人的不同情况，放到生活当中针对案例具体分析。我们讲实践是检验真理的标准，不是拿理论来说，一个人走向成功或走上歧途，都有很多的社会原因、个人原因，需要从原因细化分析。

孔子、孟子的书今天很多人不会去读，但是"岳母刺字"这样的教育事例，大家都能记住，这是很实际的东西。岳飞为什么爱国呢？肯定受到孔孟之道的熏陶，但我们第一反应却是母亲对他的教育。我们在宣传的时候，能不能把这种东西宣传进去？比如，很多高官落马就是因为情妇，本来很优秀的这么一个人，但是因为养情妇需要钱，需要很多钱，怎么办？就只能从国家拿钱。我们现在讲，这是世界观改造放松了之类的话，这样说没错，但总是有教科书的味道。在不离开教科书的同时，又能细化出点有个性和针对性的东西来教育最好，也就是用"活体"解剖来教育。

再举个例子，我们的改革成果好比一个大蛋糕，谁来切这个蛋糕呢？是干部。干部在这儿切蛋糕。你这个切蛋糕的人偏心眼，刀子偏一偏，往自己这边挪一下，你就走到了绝路。纪律检查委员会是干什么的？就是看着你的。你为什么偏这一刀，我就要查一查你，是为公还是为私。人民群众心里也跟明镜一样，我分多少蛋糕，你分多少蛋糕。这个蛋糕本身是人民的，人民的蛋糕切到你自己的盘子里去，给你自己的子女弄很多钱，或者子女都出国，你自己在国内做官，你怎么叫群众相信你是廉洁奉公的好官？我想，用这种举例的方式来教育干部可能会好一些。

问：多年来大量的阅读与学习是您创作的源泉。对不从事写作的人，阅读有那么重要吗？

二月河：现在有些干部，包括老师、学生都不怎么读书。还是要提倡读书、读原著。同时，需要编写一些书作为教科书，比如写焦裕禄以及海瑞等清廉为民典型的书。这些讲官德的书，要成为公务员考试的内容，甚至要有一些具体的问题提出来，碰到这些问题你怎么做。要把典型的意义，慢慢地渗透进去。全体公职人员，尤其是官员要读书，全民也要读书，领导更要读书。读书、读报能让你了解世情、国情和民情，如果这些你都不知道，你什么官也做不成。比如，网站可以为读书的人提供一个平台，把他读书的心得与大家分享。

家庭的荣誉、社会的尊崇也是官员的"收入"

二月河：目前我们对官员的教育只是注重物质上别贪，这是最基本的。还应该注意，过去我们讲光宗耀祖，一个人做官了，祖宗也觉得光荣，不一定要发财。但现在的官员没有把尊崇的地位、人们的敬仰、自己对家族的贡献算进去，这很可怕。所以，要加强这方面的宣传，对自己家族的贡献、社会的尊崇，都应算成是官员的"收入"。

《强项令》这个戏里讲，洛阳令董宣死后，在他家里只发现了一百多枚铜钱；另一个例子，清朝云南总督杨名时死后也是在家里只发现一百多枚铜钱，折合成人民币也就是十块八块的样子。杨名时在做官的时候没人敢给他送东西，被诬陷进了班房后过的生活比做官时还好。因为老百姓都把东西拿到班房里给牢头，让他们转给杨爷，放下就走。这是人民对你的崇敬，是你自己挣来的。应该把这种信仰传递出去：干部要爱惜自己，把自己美好的公众形象确立起来，可以给自己的家族带来更崇高的地位，这也是一笔无形的财富。

因此，我想应该把这种"收入"的概念放在学校、家庭教育中，让他们从小就知道什么叫体面、什么叫无耻。官员要对自己负责、对家庭负责，就要有担当，就要有做官的底线。突破了这个底线，就对不起亲人。

对反腐败，人民群众充满了期盼

问：请您从历史的角度来展望一下中国未来的反腐败进程。

二月河：现在的势头令人感到兴奋。我对现在反腐败形势的判断是"蛟龙愤怒，鱼鳖惊慌，春雷一击，震撼四野"。这种评价和大家说的中央高度重视，贪腐官员高度紧张，人民群众高度关注，大致上意思差不多。像现在反腐败做的比说的还好，人民群众感到振奋。这是实实在在地发生在民众生活中、饭桌上的事情，所以我想说的是，对反腐败人民群众充满了期盼，充满了渴望。同时，人民群众也是满怀拥护和全力支撑的能量，等待着我们党能有更多更大的成果，当然这是要讲证据的。治大国如烹小鲜，这是习近平总书记多次讲过的，这是要讲科学的，要一步一步地来把事情做好。

问：想请您给今天的党员领导干部写一句寄语。

二月河：以前讲完课，一些地方请我题字，我就题了个"好好过日子"。但是很多非常聪明非常了得的人，就是不懂这五个字。要是懂得这五个字，何至于进去（坐牢）啊？何至于从这个坐标系的正数跌下去，你不是跌到零啊，你是直接跌到负数。后来，他们又让我题字，我觉得光说个"好好过日子"不像作家说的话，于是我又加了两句，"好好读书，好好读报，好好过日子"。好好读书可以增加自己的素养，好好读报可以了解国家大事，使自己当一个明白人。我见到很多人，一旦有了权势，就不安分了，忘乎所以了，人就走错路了。如果大家都堂堂正正做人，把事做好，大家都有这样的思维，尽管成绩有大有小，或者政治上成功，或者政治上不得意，顶多是不得意而已，就不会去坐班房了。作为一个官员要守住底线，找到属于自己的位置，安分守己地把自己的日子过好，也是对社会做了一生的贡献。我讲课都是从这个角度说的，因为咱不是领导，那么咱就讲实实在在的话，大家都来好好过日子，就是个和谐社会。所以，我今天还是想跟大家说，好好过日子。

好好
過
日子

甲午夏

权力关进笼子，
钥匙放在民众手中 *

不存在谁来授意我

问：你说你是一个作家，不是反腐专家。为什么这次要发声？

二月河：今年的情况很偶然。十二届全国人大二次会议河南代表团头天晚上通知我，王岐山要来这个团参加讨论，让我准备发言。既然他来，我不说反腐说什么？我眼睛不好，也没有准备讲稿。第二天会上，我排在六七个发言人后面。每人规定十分钟的发言时间，结果前面的人都超时了，我心想可能轮不上我了，总算饶了我。可河南省省委书记说，下面，别

＊ 选自《南方人物周刊》2014 年第 37 期。

的同志都不用发言，就请二月河说说。我就谈了关于反腐的一席话：一是反腐不能迷信杀人，对腐败分子不主张多杀；第二，高薪养廉不可取，建议从机制上解决问题。宋代官员的工资是汉代官员的六倍，是清代官员的十倍，但他们是最腐败的。中纪委也想顺着这个思路，在我发言的基础上延伸，其官网开通《聆听大家》栏目采访我。这件事不存在谁来授意我。

问：你在采访中说，现在的反腐力度，读遍《二十四史》都找不到，这话引起了很多关注。

二月河：一是最高层对反腐的关注与支持，过去没有；二是民众广泛而深入的参与，这样的普及是过去没有的；三是腐败官员的恐慌，也是过去不曾有过的。有人反驳我说，为反腐，武则天曾大批杀人，朱元璋残忍剥皮，那才叫"力度"。那不叫力度。真正的力度是从上至下地决心反腐，这可以说在中国历史上难找。我还没有见过哪个历史学家站出来说，中国历史上哪一时代，反腐力度要比我们现在大。

问：但可能历史学家是因为目前的氛围，有疑问而不愿跳出来反问的。

二月河：我再说一遍，我不是反腐专家，也不是历史学家。我只是粗懂一点历史，很皮毛地了解一点中国通史。我比不过任何一个专职历史学家。但什么样的人物可以称作历史学家，我心头有数。《二十四史》就在那里摆着，如果懒得去读，也可以读范文澜主编的《中国通史简编》。我们可以说反腐在任何时代都有。对腐败官员的痛恨度，朱元璋表现极端，武则天与雍正也是如此。但从反腐这个角度上讲，除了当时的御史，以及几个重要的官员参与之外，基本没涉及人民。

前几年，民众已不议论反腐了，觉得议论没用，认为隔一段时间，拿出一两个官员，说是反腐，只是做做样子。但现在明显不同。老百姓连在饭桌上都在议论谁谁落网。除了民众的关注，还有对中央执行措施的赞同，可以说都是历史上见不到的。

问：可也有人质疑，今天的腐败顽固程度可能也是《二十四史》里难找的？

二月河：这也是我说的话。我说过，今天的反腐程度在中国历史上是没有的，而腐败分子的顽固程度也是中国历史上没有的。

问：你提出了一个有趣的问题，"把权力关在笼子里，关键钥匙放在谁手里？"

二月河：钥匙放在民众手中。但我也直接答复你，现在采用西方民选的办法不行。如果现在执行，选出来的会是：第一有钱人，可以买到选票；第二黑社会，用恶势力压迫他人；第三宗族势力，比如在一个村里土地多的，或是哪些地方强于他人的人。北京、上海、广州等地，可能会有一些社会贤达、知名人士能入选，而在其他地区，可以说会有非常不好的结果。

问：如果"钥匙"不在媒体舆论监督手里，如何让民众获取相关信息，执行监督？

二月河：所以我们现在要从机制上想办法。根据我们现在的情况，发挥人民代表作用，发挥党代表的作用，发挥人民群众和媒体的监督作用。我们能从机制上想到的办法就这些。造钥匙要有一个过程。

腐败是杂交出来的

问：你曾比较过武则天、朱元璋、雍正三位帝王采取的不同策略。那么，历史上还有什么典故章法可引用到今天？

二月河：自秦始皇以来，历史上设立的弹劾制度，就是对在职官员的一种监督与制约。这一制度有好有不好。它使贪腐官员如同坐在火山上，不知道何时会喷发，而且它的存在，也激励了魏征、包拯、海瑞等一批勇士。弹劾制度允许官员对朝政作评议，对其他官员得失作衡量。可以将它改造一下，作为我们今天反腐的一种手段。这件事，中央也在想办法。至于说有没有我提出的这个办法，那是中央的事。

在这里，我认为我们应该通过人民的监督、共产党员的监督，共同将反腐倡廉工作做好。体制机制健全，对腐败会有遏止作用。比如舆论监督、民众监督、专门立法机构的监督。这样，官员腐败的时候就有所忌惮。但我的意思不是说体制无用。事实上，什么体制都会有腐败。腐败本身就是反社会反人类的。

问：你也当过党代会代表、人大代表，参加过多次政治活动。有没有向上反映，相应展开"弹劾制度"？

二月河：现在没有形成监督的氛围，没让更多双"眼睛"盯住官员的贪腐，别人再说也无济于事——谁愿意出这个头？打比方，一个编辑部开会讨论怎样发展。我突然说总编，我给你提一个意见：你是不是带着小秘出去了？你想，能不能这样做？

我感到这是我们的一个缺失。过去有弹劾机构，如监察御史，专门监督官员有无贪污。若有贪污而不检举，他就有罪。我没说要照搬历史，但应该汲取这方面的一些经验。今天无论人大代表还是党代表，社会拥有这么庞大的群体，这么复杂的社会层面，没有这方面的制度引导，怎么对政府行使监督职能？没有专门的制约制度，是不行的。

问：你还提出，衡量官员的价值和收入，不能只用金钱与官位。可以将其家庭荣誉与社会尊崇也算进收入中。在以前的反腐中，难道从没想到过？

二月河：是算进主要收入中。如果做官是为了钱，本身就存在偏离。如果做官是为个人尊严，为光宗耀祖，这就有偏悟。但这一"偏悟"不至于让人沦为贪官。比如你是军长，下面师长给你敬礼，那是你与生俱来的权力吗？是你父母给予你的吗？那是你的官位带来的权力，所以应该纳入你的收入。再比如过去宣扬包拯、海瑞，说他们不贪钱是真的，但说他们不要命，我不相信。他们所追求的是个人尊荣，是在历史上留名。就像文天祥坚贞不屈，"人生自古谁无死，留取丹心照汗青"，这就是他们的"收入"。不是说它没有意义。所以我们在衡量一个官员的时候，根本不能考虑他存了多少钱，存的钱越多越成问题。而是要衡量他给老百姓做了多少事，有没有得到应有的荣誉。也有很多官员做了很多事情以后，没有得到应有的地位。同样，一旦得到了应有的地位与尊荣，这本身就是官员的收入。这一措施不是以前没有想到，我们一直是这样做的，但商品经济过来以后，我们在这方面阵地失守。

问：民与官的素质是相对的？

二月河：现在整个国民素质在下降。在我看来，下滑的一层原因是，改革开放、商品大潮进来以后，我们没有足够的思想准备，没有预防措施，没有有效及时地对涌进的一些思潮进行剖析，更不要说反击。

国民素质与文凭高低不是一回事。不是文凭高了文化就高。第二次世界大战，德国人把战俘送往毒气室时，他们在门口奏乐，这样的文化令人不寒而栗，可这也是有文凭的人干出的事。

我们强调文凭，但我们的家庭教育、社会教育、学校教育都出现了严重失误，就导致了整个国民素质下降。腐败——从高官显贵到老百姓，一直到幼儿园小朋友。小孩子见了老师就讲，阿姨，我爸是煤电公司的，你缺煤了给我说一声。这不是腐败吗？小学生为享受特权，可以免交作业，可以依仗老师权势欺压差生、竞选班干部，这不是腐败吗？成克杰执行死刑前，跟看守自己的人一一握手，感谢他们的付出。那不成跟江姐、李玉和上刑场从容就义一样？这样的人给我们做出什么榜样？没有一点羞耻感了。大家为了金钱、为了名誉、为了地位，什么事情都能做出来。下级杀上级、妇产科医生卖孩子等等，过去不能设想的事情到今天都发生了，我们整个国民素质都在下降。

我给官员上课时曾讲，好好过日子。你不要说，什么资产阶级影响了你，什么拜金主义影响了你。你如果不在外面折腾女人，不拿别人的钱，好好过日子，检察院追究你干什么？还有我们的家长从小教育孩子，你长大后可能成功，也可能不成功。把日子过好，不要占别人便宜，不要欺负人。如果有这样的家庭教育，比高谈理想要有用。

问：你曾说中国文化中有很致命落后的东西。它与今天的腐败、国民素质下滑有什么联系？

二月河：中国文化中落后的东西，我们根本没有作分析。难道孔孟之道要一股脑地接受吗？像"唯女子与小人难养也"等，能这样讲吗？这种对妇女的歧视，对权力无原则的崇拜、渴望、追求，还有商业的缺失，现代科技的缺失，闭关自守、故步自封的思路，都是我们文化中要不得的东西。现在一股脑地在说国学要怎么样怎么样，好像国学是一回事，西学又是一回事。实际上，西学里有好东西，我们要拿来。不好的东西要抛弃。

我在给中央领导汇报时说，我们的文化面对着空前的机遇。第一是政治上，没有思想罪人，没有文字狱。这给文化发展提供了宽松的政治环境。第二是现代科技的普及，专业创作的垄断权也随之改变。比如以前我们送稿到出版社，出版社经过初审、二审、三审，还要交到宣传部。现在程序还是那些程序，可电脑手机已经普及了。晚上起来撒尿，突然想起一个段子，躺在被窝里群发就发表了，有无稿费是另外一个概念。第三是群众性的文体活动蓬勃发展。比如广场舞——大量人群每天自觉自发、无政府组织的这种活动，也是过去历史上没有的，这给文化的发展提供了合适的土壤。第四是文化杂交。少数民族进入中原以后，产生强大的文化杂交优势，出现世界集成的文化兴起。现在除了我们自身的民族文化以外，杂交优势仍然存在，又加上西方文化的介入，必将产生新的文化杂交优势。但单纯这样说有拍马屁之嫌，我们仍面对着空前的困难。西方文化对我们不仅仅是介入，可以说入侵了我们的文化。我们在竞争面前，显得非常软弱。所以文化杂交不单纯出优势，也会出劣势。甚至现在，官员的贪污腐败，都是杂交出来的。

问：杂交出来的？

二月河：西方形成自己一套理念时，相对要比我们成熟。我们现在抛弃了自己的东西，把人家不成熟的东西，或者说不好的东西拿过来了。比如说"金本位"。我们本来就有对"官本位"的崇拜，加上"金本位"的冲击，"官本位"加上"金本位"是什么东西？不就是腐败？这就是西方的恶劣文化和东方的恶劣文化混在一起产生的恶劣杂交品种。

所以，我们对国学、西学都要进行分析，解剖。这事需要有专家学者来做。需要有人给他们发工资，需要有这样权威的机构建立起中国人的现代圣贤集中地。没有这样的机构，提供不了这样的平台，单凭个人努力、几个人在那里叫嚣，出来一个二月河之流的人嚷嚷着叫人"好好过日子"，能把这项工作做好么？他们听么？这个事业需要国家民族、我们的家庭学校共同关注。

把思考通过历史写作展现

问：你对西方的民主与宪政，乃至于西方的写作有过研究么？

二月河：我真的都没有研究。自从开始写作以后，除了偶尔翻翻《红楼梦》，我基本不读任何文学作品，更多是阅读清史资料与清人笔记。像莫言、三毛等作家的作品，以及一些新潮作品，我都没读过。不是我自大，我害怕读过人家的作品以后，会在我的作品里不自觉受到影响。我不说是抄袭，至少有模仿之嫌。我要尽可能造成"落霞系列"是二月河写的。写完以后，我视力又不行，更无力阅读当代小说。但我不小看任何人，我也有我的自尊。我在自尊前提下，也尊重别人的创作。

问：写作"落霞系列"前后，还有哪些思考？

二月河："落霞系列"总体来讲是写中国历史上最后一次辉煌，像晚霞一样绚丽。接着太阳落山了，黑暗来临了。所以当初写完之后，我想再写"阴雨系列"。"阴雨"是什么意思？是第二次鸦片战争，东西方文明碰撞，我们的文明失败了，碰得粉碎，犹如"阴雨"一般地壮观坠落。这一系列里包括太平天国、香港沦陷、热河政变、曾国藩的崛起，还涉及义和团等等，写作规模将比以往大一倍。但写《乾隆皇帝》还剩十万字时，我中风了。我暗说可能是自己野心太大，请允许将这十万字写完，我就放弃掉。后来我又写了一部七八万字的《燷火五羊城》，实际上是"阴雨系列"的序。

我认为康熙、雍正和乾隆三代皇帝应该对中国第二次鸦片战争失败负历史责任。我曾给四十三位来南阳的中科院院士做演讲。我说诸位先生，我知道你们在所属的领域里都是太阳，学生仰望你们时，就像葵花向着太阳。可你们当中有没有这样的人？他是政治家、军事家、文学家、书法家、音乐家、医学家、物理学家、农学家，还精通七门外语。我说没有。然而，康熙帝就是这样一个人。

他和俄国彼得大帝属同一时期。在个人素质、执政能力、执政经验，以及对国家治理的情况等各方面，他都比彼得大帝强。但他在晚年，没有像彼得那样将工业革命的兴起引入中国。他实行了海禁。而开了海禁以后的贸易情况如何呢？输出的是中国丝绸、瓷器、茶叶、药材、染料，运进来的是一船船的银子。这样的贸易顺差，现在哪里找去？海禁开了二十年，突然停止了。如果不停，随着商贸来往，工业革命兴起进入，中国又会是什么样？所以，我说康熙是"中国的潘多拉"，将希望光明扣在盒子里，飞出了战争、饥饿、瘟疫。如果当时他思路再开阔一点，不受周边一些小人的蛊惑，害怕明王朝复辟，突然禁了海，不致使中国与资本主义道路擦肩而过。

从政治经济学角度上讲，生产力与生产关系发展到一定程度，光靠个人努力不行。但从个人因素上讲，英雄也能创造历史。如果他能将好的个人品质全部注入工作当中，可能对中国产生巨大的历史推动作用。像他在晚年执政时，一心想当千古完人。要富贵高寿，要建功立业，要留给子孙一个花团锦簇的江山，不愿意在历史上落下一个苛刻名声。因为反腐倡廉要整人，他不愿这样做。可追求完美的历史形象一旦做过了，就会出现失误：贪污横行、朋党交错、社会土地兼并加速，还有一些不稳定的社会因素冒出。这也可以说是康熙一生当中令人遗憾的东西。从他之后，清王朝逐步走向反动。虽在雍正时期进行整顿，也只是在固有的政治格局下做了一些改良。

问：你曾对朋友说过，你像《康熙大帝》中的"伍次友"。这位"帝师"的塑造，是否也代表个人的理想与抱负？

二月河：我没有做谁的老师的这种想法，我只愿意当别人的朋友。在书中，伍次友也是康熙的朋友。我喜欢他，是他拥有的人格力量，他并不是因为当"帝师"而受人尊敬。伍次友作为一个传统文人，他的学术、理念不会超出孔孟之道。他对于康熙更多的是进行理论指导，宏观上把控战略。

　　我更多地是将自己读到的历史知识、文学知识，还有对哲学的思考，通过表述康熙、雍正和乾隆长达一百三十多年的历史来展现给读者。我感到，我所表现的要比《红楼梦》全面，书中除了写到社会、文化、政治、经济，还有军事——《红楼梦》里起码没有涉猎军事。而我在书里，经济运输、战略战术都有自己的一些感受。读者从我的书中能够读到这些，对自己有所启发，或对自己有一些用处，这就足够了。这不就是朋友吗？

　　我想，文学的功能不光是歌颂与暴露。说歌颂、暴露，那是在极左时期极端形式下，宣传的极端语言。人在极端的时候就会说出极端的语言。司马迁说，人固有一死，或重于泰山或轻于鸿毛。真是那样吗？可以说，大多数人的死不会像鸿毛那样轻，也不会像泰山那么重。更多的是像河里的鹅卵石。我们分析文学功能时，除了歌颂暴露，还有娱乐，还有从互相交流与沟通里，获得一种快感。我对文学的这种理解在作品中有所体现。比如有些政治人物喜欢雍正，有些官员喜欢张廷玉，有些军人喜欢魏东亭。每个人都在书里寻找自我，寻找自己的一些思维理念，能够跟自己沟通，这就是作品。

一福重登

戊子春日

经济、文化强大
不是原谅腐败的理由 [*]

王岐山在我眼里是英雄

问：王岐山给你的印象是怎样的？

二月河：他在我眼里是反腐英雄。我们没太多私人交往，但他在反腐倡廉这方面给人民留下的印象是不可磨灭的。从他身上，我看到了中央反腐倡廉的决心和意志；从历史到现实的宏观角度上，我看到了反腐斗争的长期性、复杂性和艰巨性。这可以说是压在我们这一代人和下一代人身上很重的问题。这样的事情，不是两三年、两三个人就能做到的，需要整个社会的共同努力。

---

* 选自《环球人物》2014 年第 17 期。

他也是个坦率的人。我在两会上说，第一次见王书记时，我不知道后来王书记的官会做得这么大。全场一下子笑了，王岐山同志也打趣地问我："没想到我做那么大？在你二月河笔下，我这个官又算什么呢？"

问：你第一次见王岐山是什么时候？

二月河：是他在海南当省委书记的时候。当时他专门和我联系，向我询问海南政治、经济、文化的发展。他很儒雅，历史知识丰富，很重视文化工作，给我留下很深刻的印象。

第二次见面是在十七届六中全会上，我是列席代表。那天在走廊上遇到刘源（刘少奇之子），正握手寒暄，王岐山同志从旁边过来，刘源就拉上我，要把我介绍给他。王岐山同志说："我们很熟悉，不用介绍了。"

第三次就是这次两会。他们通知我发言，说王岐山同志来，问我发言的题目，我说当然是谈反腐倡廉。他们问我有没有讲话稿，我说我从来没有拿过讲话稿。历史上的事情、反腐败的事情，还有对社会问题的认识，都是我平常思索的东西，拿出来探讨，不需要准备。所以我就直接到会上讲了，向王岐山同志提了一些我个人对反腐败问题的看法。

反腐是件很累的事情

问：你对王岐山提到了雍正的反腐，雍正有哪些手段值得今天借鉴？

二月河：雍正有四个重要的改革措施，都是和反腐相关的。第一个是摊丁入亩。过去不管是有地的还是要饭的，都要按人头向国家缴纳公共设施资源的使用费。但赤贫阶层没有钱可以上交。于是雍正把这种税摊到地上，你有多少亩地就交多少，没有地就不交。

第二个是官绅一体纳粮。过去当了官就不用纳税，一些平民为了避税，就用口头契约的方式把自己家的地算进官员的地里去。结果往往到了官员的第二代、第三代，就不承认口头契约，形成恶性土地兼并。雍正取消了官员的免税特权，实行官绅一体纳粮。

第三个是火耗归公。过去从地方运送银子到中央，是从县到市到省再到京城，一级级汇总。基层考虑到银子在路上搬来卸去，会有损耗，出发时就多装一点。运送银子的人返回后，把车缝、船缝扫一扫，两三年下来，收集的碎银子就能炼出十万两，官员管这个叫"火耗"。有了它，官员都不需要去贪污。所谓"三年清知府，十万雪花银"就是从这里来的。雍正发现了这个问题，他认为国家已经给各级政府发放了路费，便推行"火耗归公"的改革。

第四个是密折制度。这不是告密，而是官员之间互相监督。什么都可以向雍正汇报，但不入档案。如果很多人都反映某个人不好，雍正就采取行政手段，隐去汇报者的名字，拿着这些材料质问当事人，当事人必须如实交代，不说就交到部里，公事公办。这实际上是中央选择了一些地方干部，与之保持密切沟通，从而对整个干部队伍的情况有充分了解。这对今天是有意义的。现在有些干部能带病提拔，就是因为之前没有了解。如果设置一个手机短信小组，把号码提供给有限的一部分监督人员，供大家反映官员的情况，这种反映不负刑事责任，也不作为档案入库，只作为参考，就能让中央及时了解问题，不至于酿成带病提拔之类的错误。

但是，这些措施都是很累人的。摊丁入亩，需要花大量的精力统计人口和土地；官绅一体纳粮，需要清查官员的土地财产；火耗归公，要一级一级计算耗费掉的银两到底有多少；密折制度，要一本本去看，看完再一个个去质问、去核实、去分析。这都是非常累的工作，反腐就是一件很累的事情。

问：雍正这些反腐措施起到了什么作用？

二月河：正面的作用，当然是遏制了腐败，整肃了吏治。但负面作用，尤其是对他自己的负面作用也有。他的密折制度是在整谁呢？放到现在来说，就是各省的省委书记、各市的市委书记，等等。这个改革一出，把天下所有的一把手都得罪了。我们今天有报纸、有杂志，通过媒体报道，人们知道为什么要这样做，做了之后对谁好、对谁不好，一目了然。而在那个时代，话语权掌握在官员手上，他们本身是知识分子，还可以养一批知识分子。这些人挨整之后，就组织人写东西，说雍正不是个好东西。而在雍正的反腐工作中受益的赤贫阶层，可能连字也不会写。所以雍正的反腐曾经长期得不到正面评价。

问：又累，又没有好名声，反腐看起来就是一项费力又不讨好的工作。

二月河：对，但这项工作对国家至关重要。雍正这个人的性格也许不好，他寡趣、刻薄、说话尖利，让人很难跟他愉快地共事，但他对国家是鞠躬尽瘁的。吏治需要以身作则，雍正首先做到了勤政。现在发现的雍正手稿已经有两千万字了。你们试试，不说用毛笔，就是用签字笔，十三年写两千万字是一个什么样的概念？我写书十三年，只写了五百多万字。雍正还要召开会议，视察工作，进行国务活动。他实际上是个工作狂。同时，他也做到了廉政，自己没有小辫子给人抓，生活起居、衣食住行非常简单。所以说，反腐者自身的表率作用很重要。

问：和历史上相比，我国当前的腐败问题有什么特点？

二月河：我们现在面临的这种腐败，在中国历史上是空前的。我想，这里面有一个原因，就是"文化杂交"。这几十年来，我们的民族文化在兴盛，在和平地"杂交"，我们拥有"文化杂交"的优势，但"杂交"有时候也会出现劣质品种。封建文化的残余依然存在，旧式官场的那一套仍然风行；西方文化的负面内容也进来了，个人主义和利己主义思想开始滋生。彼此结合，产生了腐朽的新品种——所有文化的负面因素他都吸收了，当然会变成腐败分子。

我们现在的反腐力度，在中国历史上也是空前的。十八大之前打下来的"老虎"就有陈希同、陈良宇、胡长清等，十八大以后揪出的贪官无论从人数还是级别上，都呈现出更大的力度。历史上，乾隆前期有"六大案"，后期有"七大案"，但是涉及国家级干部、省部级干部的，寥寥无几。有的高级别官员贪污了，乾隆爱惜他的才华，就把他放了。而今天，我们绝不会因为他是"能吏"就原谅他贪污，足见当前反腐力度之强。

问：但是反腐的形势依然严峻，不断有"老虎"出现。

二月河：现在腐败分子的反抗力度，在中国历史上同样是空前的。我看到过资料，说成克杰在临终的时候，跟看守所的人员——握手，感谢他们为他服务；胡长清在死刑书上签字时，脸色平静得像刚睡醒一样。贪官死到临头还有这样的心理素质，史上少见。现在，国家在"拍蝇打虎"，底下的不少贪官就闻风而动，有的紧急处理房产，有的悄悄转移财产，各出花招，试图逃避。

究竟怎么处理这些腐败的"新品种"？我想，除了严峻刑罚之外，还需要别的措施。从长远看，需要有整个社会反特权意识的觉醒和身体力行。我了解到，现在小学生都懂得竞选班干部的好处，可以管理别人，可以从老师那里享受不同待遇，于是他们小小年纪就知道贿选，买冰淇淋、买小玩具送给同学。更小一点的幼儿园孩子，都会和阿姨说"我爸在某某公司工作，你需要什么和我讲"，都知道利益交换了。这些现象非常危险。当特权意识渗透到孩子身上时，下一代、再下一代能不出贪官吗？

问：你连续用了三个"空前"形容现在的反腐局势。这种局面是中国独有的吗？

二月河：不是。腐败问题跟意识形态没有关系，跟人性有关系。很多腐败分子被双规了写检查，就说"我是放羊出身、放牛出身。党把我培养成一个高级干部，但是我放松了世界观的改造，受拜金主义的影响，成了人民的罪人"。放羊的、放牛的就不贪钱吗？还有些人说西方国家怎么清廉，可实际上西方国家照样有腐败。封建社会有腐败，资本主义社会有腐败，社会主义社会一样有腐败。归根到底，腐败问题是全人类共有的问题。

问：你觉得西方制度在腐败治理方面是否值得借鉴？

二月河：近代以来，有人尝试用"西药"治理贪腐顽疾，但是我不认为西方制度能约束中国政治文化。中国有中国的特点，不可能照搬西方。相应的制度，还得靠我们自己来建立。

我跟王岐山同志说过一个例子：满洲人入关的时候八万五千人，加上吴三桂在山海关的三万五千驻军，一共不过十二万。而汉族方面，仅李自成的铁骑部队就有一百多万，加上南明唐王逃到福建称帝时手中的二百多万人马，以及散落全国的汉族武装力量，总数能超过四百万。可最后，十二万人打败了四百万人。与满人相比，汉人的制度不先进吗？当然先进。只能说，如果你腐败，先进制度下的四百万人也是一堆臭肉；不腐败，落后制度下的十二万人也能变成一把剁肉的刀。

经济、文化强大不是原谅腐败的理由

问：从历史上看，特别严厉的反腐手段会不会引发政局动荡？

二月河：不会。历史上，反腐从未停止过，但我从未发现哪一个朝代或团体因为反腐而亡。当然，这里面应该有节有度。要考虑到大多数人的承受度。你得正确处理不同性质、不同类型的矛盾，不能把人吓死，或激化了矛盾。即使是内部矛盾，处理不好也可能会激化，和社会主调不协调。这一点，还是要由主政者把握。

问：但现在，已经有"官不聊生"的抱怨，有人要求社会对官员宽容一点。

二月河：对官员的宽容恰恰正是腐败滋生的重要原因！我们看看宋代，那是对官员最宽容的年代。赵匡胤通过非法途径当了皇帝，想得到官员的欢心，一方面杯酒释兵权，一方面又安抚讨好大家，许以高度的文化享受和物质享受，让官员安心地在下面做事，这就惯出了官员享乐的毛病。而且，宋代还有个非常糟糕的国策，叫"誓不杀大臣"，实际上是给官员腐败提供了肆无忌惮的温床。

如此行事，结果显而易见：西夏、契丹、辽、金，谁想来打一下就打一下，宋朝根本无力抵抗；宋朝对契丹人称臣，皇帝对外自称干儿子；宋徽宗、宋钦宗被金兵抓去当了俘虏；抵抗金兵的岳飞因为莫须有的罪名被杀……一系列的腐败，最终断送了整个国家，甚至对后世的局面造成深远的影响。

问：但宋代有繁华的经济、灿烂的文化。这就带来另一个问题，到底腐败对一个国家综合国力的影响有多大？是否会起到决定作用？

二月河：经济水平高也好，文化程度高也好，都不代表你强大。整个社会都腐败，经济再好、文化再好又能怎样？宋代是经济大国、文化大国，是世界历史上文化程度最高的朝代之一，但也是政治腐败、社会生活腐朽的朝代之一。今天，无论从哪个角度看，都不能说宋代的中国是个强国吧？

现在，很多人在跟我交流反腐问题时，都会把经济文化和治理腐败混在一起说。但我认为，对经济实力不能迷信，对文化实力也不能迷信。不能因为宋代有了宋词，就原谅这个政权的腐败。就像不能因为唐代有了唐诗，就忽视它的藩镇割据问题一样。难道安禄山造反也是合理的？对政治的腐败，不能拿经济的繁荣、文化的灿烂这些事去抵消。一个政权如果不能维护国家完整，不能维护民族团结，不能下狠心治理腐败问题，其他方面再强大，都不能成为一个强大的国家。因为腐败就像是社会的糖尿病，它是一个富贵病，隐蔽性很强，不会直接导致社会死亡，但是在不知不觉中会成为社会的一大顽疾，使国家变得极其脆弱，最后很容易引起并发症，不堪一击，无从抢救。如果不把腐败的血糖降下来，不管你是什么制度，不管你有多高的 GDP，多大的文化体量，都会轰然倒塌，彻底完蛋。

问：那你觉得治理贪腐的根本方式是什么？

二月河：我们的反腐制度，不仅要包括监管和刑罚，还要包括思想意识的净化。腐败，说到底还是人的问题。

贞观年间，一年才处决犯人二十九个，何等之少，但腐败照样得到抑制。现在，我们一个省每年因贪污处分的人都不止这个数。从这个角度看，不能迷信严刑，不能迷信重典。治理腐败的关键环节之一是思想的力量。目前，中国的社会教育、学校教育、家庭教育都严重缺失，传统文化中对权力的迷信、对权威的崇拜却根深蒂固，做事首先想到的是行贿受贿、旁门左道。

我有一次去马来西亚，当地首富的秘书告诉我，老板用人的第一条是看孝不孝顺，不孝顺不用。我们现在提拔官员考量过这些吗？学校老师在教育学生时不会提到这些，官员、企业家在教育部下时也不会讲这些。现在的大学教育都是讲怎样出人头地、一步步升迁，却没有最基本的人生教育，这会让人们不择手段地谋求权力。

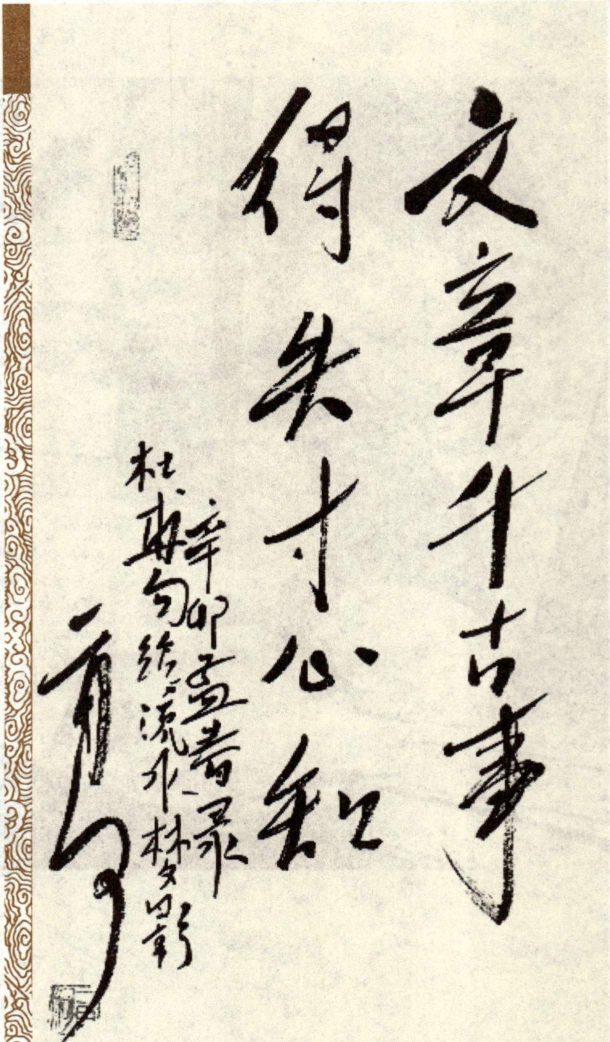
文章千古事
得失寸心知

"苍蝇"掌权了
会"最大化"谋私 *

小贪大贪都是贪

问：中央纪委监察部网站的《聆听大家》栏目，为什么要找你做访谈？

二月河：我没有向他们问。今年 3 月，王岐山书记参加十二届全国人大二次会议河南代表团的审议。在会上，我和王岐山书记有过一个对话，可能和这个有关系。访谈是在我家里进行的。我是第一个接受这个栏目访谈的。

问：中央巡视工作领导小组办公室副主任张本平近日接受访谈时提到，有的地方对基层干部监管不

---

*　选自《南方都市报》2014 年 11 月 9 日。

力，发生了"小官巨贪"的案件。

二月河：我在手机报上也看到，一个小官家里搜出三十七公斤黄金，上亿现金。"小官巨贪"是个复杂的社会问题，是新问题，是新的奇怪现象。历史上这方面的资料留下的不多。但"小官巨贪"问题是在正常逻辑思维里面。小贪大贪都是贪。小官做得大了，就可能是"大老虎"。"苍蝇"掌握了权力，会将人民交给他的权力最大化谋私。

在新形势下建立有效的弹劾制度

问：你在今年3月的人代会上，提了哪些反腐主张？

二月河：我对反腐历史稍微有所涉猎。人代会上，我的主要观点是不主张高薪养廉。宋代是中国历史上官员薪俸最高的，宋代官员平均工资是汉代的六倍，清代的十倍。但宋代是一个最腐败的王朝。我也不主张过多杀人，不主张用重刑解决问题。明代朱元璋用酷刑，杀人很多，但却哀叹"我欲除贪赃官吏，却奈何朝杀而暮犯"。

我当时还提到，在新的社会治理形势下，应该建立有效的弹劾制度。各个时代都有弹劾制度。通过弹劾制度，官员互相监督，互相揭发腐败行为。秦始皇专门设立了御史。后来还有监察御史。当然，御史不单管反腐，还管各种不法行为，比如不忠不孝等，都通过御史向中央政府反映。

问：你之前写过不少反腐主题的文章。

二月河：20 世纪 80 年代，我读《红楼梦》后，写过《史湘云是禄蠹吗》，替史湘云说话，但当时没有把反腐作为主题来考虑。后来我在随笔和散文里写过反腐的问题。我不是一个反腐专家。在历史研究中也不是专门研究反腐。

问：你之前提到，文化教育是治理腐败的一个重要措施。

二月河：治理腐败的根本措施，文化教育是一个部分。但光靠说服教育不行，应该由制度管起来。主要通过机制，通过反腐制度的完善，群众监督、公开监督等。

问：你给大学生讲过反腐问题吗？

二月河：我给他们讲，现在社会的文凭在提高，文明素质却在下降。岳飞的母亲不一定有文凭，但却教育出来岳飞。第二次世界大战中，德国人杀害犹太人，在毒气室门口，找几个小提琴手奏乐。没有文凭的人想不出这种招。我讲的意思是，文凭和文化素养完全是两回事。

让孩子出去守规矩、有礼貌、不要讨便宜、不要去欺负老实人，这些家庭教育基本没有了。现在很多官员智商很高，各方面很能干，但是一些基础问题不懂的。"好好过日子"，这么简单的五个字不懂。不要出去乱搞女人，不要为非作歹，不要去欺负人；一些基础的教育现在基本上没有了。

散论篇

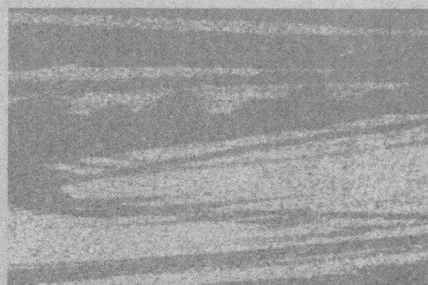

腐败亡政一鉴

第二次世界大战结束，日本人投降，作为中日战区的最高军事长官，蒋介石的民众威望可以说达到他毕生的极峰。是全国民众的"众望"所归。沦陷区人民"想中央、盼中央"——其实就是盼的重庆政府。结果呢？他派到伪区搞接收的人，个个都是重庆一隅躲了八年，还有窝在南京搞"地下工作"的，又是一群饿极了红了眼的狼，看到汪伪政府留下那许花花世界，六朝金粉之地空落无主，这群狼哪里忍得？伪房产，占；伪银行，捞；伪人员姨太太，霸娶。只要是"国军"的人，干什么都行，怎样干都有理，所有伤天害理的事都办出来了。人民的期望和失望来得一样快，"想中央，盼中央，中央来了更遭殃""国民党是刮民党"便成了新的口头禅。人是不能没有希望寄托的，以中国当时情势，人们很自然地把目光注视到了共产党和毛泽东。共产党就是趁了这个势勃然而起的。

搞家庭统治，蒋、宋、孔、陈统率一切，不是四海贤豪的集中统治；信任特务，特务便横行霸道胡作非为，戴笠可以说坏了蒋氏的王朝大事；再就是国统区的独裁与接收大员的"劫收"。这三条没有一条不是腐败。天下是天下人的天下，所以是"公天下"或者叫"天下为公"。一下子，人们感觉是私天下。所有行为都是在为他们的一己之私。即使没有共产党，这个天下肯定也会出大问题的。即使没有武装的其他的什么党，也会有机可乘，作为一番的。何况共产党是武装党，北方南方谋士如云战将如雨，数十万雄兵枕戈待旦！何况共产党在解放区土改搞得如火如荼，内部清廉团结，外部统战，政策对头干劲十足，人心威望如日中天！这种时候国民党仅仅仗着人多枪好，便大搞腐败，实在说是一棒打在豆腐上，不开花才是稀奇事。

这也好比是下围棋，好好的可为局面，一步子儿走错，全线崩溃，心情坏了，更昏招迭出，结果必是大败亏输。

　　天纵英明的毛泽东，看准了这个，成功的土地改革，严明的内部自律（我认为，当时大敌当前，壮志未酬，这种自律是有严重的他律保证的），明洁仁德的政治，强大勇悍忠诚如天的军队，浩漫如海的地方武装（民兵）……这些积极因素统由共产党组织了起来，调动了起来，其实已是仁者无敌，对付的又是那样一个腐败无能的"刮民党"，当然必定是摧枯拉朽一样了。延安时期毛泽东一位爱将杀死了弃他而去的女友，毛泽东挥泪斩了这个情种（我说他"挥泪"，我肯定他杀这将军心情极坏）；新中国成立之初，一个团长占据了北京一处伪产，毛泽东暴怒之下，当场便要下令枪毙这个团长；刘青山、张子善的事出来——那都是跟着他长征出来的人——也毫不犹豫判了极刑：请你吃炮子，炮敲了你！这样一比，蒋介石的毛病便显出来：他不反腐败。国民党糖尿病十八个加号，还猛吃葡萄，他不完谁完？

　　我在以前的文章中写，腐败不是意识形态的产物。什么意思？腐败是反社会的、反人性的东西，好比鸦片、海洛因，谁吃上谁完。不管你是什么人，也不管你是什么政权、什么党派，一个样。

三位皇帝反腐有力度

电视剧《雍正王朝》是根据我的小说改编的。当初媒体蜂拥前来采访，有人问我："给这电视剧打多少分？"我回说："五十九点五分。"饰演雍正的唐国强去年来南阳说："听说你对电视剧颇有微词？"我回说："那不是指演员的表演艺术，是指剧本。"

剧本创作人刘和平是很有才气的，对我也十分尊重。然而实事求是地说，他对雍正其人的宏观把握是有点不足的。我写《雍正皇帝》的主旨不单纯是反贪反腐，而是如实地表现当时的社会情态，就这一点而言，《雍正王朝》电视剧未能负荷。

一本白话文小说，怎么会改编得变调了？这事我仔细想过，有两个原因：一是他太爱雍正了，不愿意谈他的毛病和惹人烦的缺憾；二是他太了解观众的需要了。其实跳出"我自己"这框框,我还是赏识这部剧的。论收视率,论焦晃、唐国强的演技,不能打这么低的分。所以当时我说"我是特殊观众,我是戴着有色眼镜看这部剧的。"刘和平是把小说中的雍正抓"反腐倡廉"的情节大肆张扬了一下,引发了如许的共鸣。

我一直以为,腐败是社会病,准确地说是社会糖尿病,为此我已经连续写了几篇文章:一是腐败不会导致政权速亡;二是腐败导致必亡(糖尿病倘不治疗,你试试看!);三是腐败糖尿病的晚期是免疫力全面崩溃,任何风吹雨打都可能招致并发症突发,而成不治之症。唐王朝的"并发症"是藩镇割据;明王朝是李自成起义加上满人侵凌;元王朝很可怜,强悍的蒙古人当初何等英雄,最后却被病魔折腾得一点力气都没有:这样的例子太多了。

与此同时,我不认为腐败与某种意识形态有关。腐败是一种反社会、反公德的恶行,任何权力、任何社会它都会腐蚀,因此是"社会公敌"。常看到一些官员腐败贪污被拿,临就刑之时写认罪书,说是"因受了资产阶级拜金主义的毒害,一步一步变成人民的罪人",这是临死说的话。无论资产阶级还是封建社会，抑或其他什么"拜金规矩"，各自都是有"社会规矩"的，甚至贼匪、劫盗，也是"盗亦有道"，有他们"道上的规矩"——比如劫匪不抢邮差、按期交钱不撕票等，哪有允许暗室受贿的"世界观"。

中国专权历史中，有三位皇帝"反腐力度"最大。一是武则天，她有"密报箱"，成批地抓，成批地杀贪。一是朱元璋，他放一个码子（标准），过了码子不是杀头，而是剥皮揎草（明太祖时官府都设有剥皮亭），剥了皮风干，晾在那里给后来的官员"儆尤"。再就是雍正，他和前两位有所不同的是他不轻易杀人，而是穷追财产，一定把"损失了的"全部彻底收回国库。他用的是密折制度——这就有了政策水准。他执行这政策的腕力也是极大极狠的，就这一点说，刘和平把握得还是到位的。

在我看来，武则天和雍正都是"贵族性质"地解决问题；朱元璋是社会底层出身，他是靠直觉杀贪，带有一点社会报复的摸索性质，但是他们实际上都解决得有些成效。

闲 话 密 折

　　年轻时看了些说雍正的小说话本，见到他建立"血滴子"这个秘密机构，拥有这名称的武器，杀人如麻，很有点不寒而栗。及后读了一些典籍——相对比较正规的资料，才晓得那是子虚乌有的事。就我所知，一件先进的武器，除非你将它扼杀在摇篮里，倘不，一旦它问世应用，休想再消灭它，现在的原子弹不是这样么？多少强大的巨人想扼杀它，但它一点也不见减少，且是愈扼愈多愈厉害——由此可知，雍正这"血滴子"武器压根儿就没有。

　　搞特务组织以广耳目，以置心腹，以布爪牙，是明代皇帝的拿手好戏。说透了，那是这个政权自信心脆弱的特征。清初时分，似乎有个叫"十三衙门"的政府单位，有点这性质，也是清初政权不牢的外相表露。到康熙之后，不但撤掉了这衙门，连长城也不再维修，这是因为统治者知道了这道理，长城和专门无理整人的衙门对于政权来说都是屁，嗅起来臭，没有使用价值。

密折制度就是这种情况下应运而生的。最初由康熙发明，到雍正推至顶峰，形成"密折制度"，也成了中国历史上一大异样政治景观，说句笑话，是具有雍正特色的政治景观。

密折不同于奏折，它不经过政府部门，也就是说不经过六部，上书房、军机处什么的一律跳过。如果有密折权的是低品官，那就要隔过府、道、省这一系列级别的政府部门，直达"天听"。

就这样，各地往返京师的驿站马褡子里，就多了这个小物件。

康熙搞这个密折，也许是为了开辟一条非正规的信息渠道，防止被假大空、歌功颂德的马屁文件蒙蔽太甚；也许是为了给臣子一份殊荣，笼络远臣、边臣之心；也许是他太寂寞，想有几个私交性质的"下级"朋友通信谈心。他的批语里，关心外头年成、雨水、风俗、民情，甚至要求"就是笑话也好，说出来叫老主子笑笑"，就透露了他这份孤寂的心境。

这一举措，到雍正手里立时便变成了政治，变成行之于天下的制度。这制度反动是反动，虽是"独裁"不可改变，但它加入了独裁者"兼听"的力度，比起独裁而且瞎眼来，似乎好点。

有密折专奏权的不一定是大员，有高官显贵，也有微末、芥子之官，星星点点遍布全国，分不清谁拥有这种权力。谁要是卖弄或暴露自己拥有密折权，很快就会被雍正剥夺掉。

无论天气、收成、水旱灾情、军情、粮秣、盐务、社会、祭神、某地出某产品、笑话、某人某场合出洋相、某官员操守品行轶闻、谁和谁闹别扭翻脸、谁喜爱听什么戏……五花八门，应有尽有。这样的小匣子汇集到雍正手中，他一一看过，择要批复——一千多万字的《朱批谕旨》就是这样传下来的。他批得畅，大开大阖，大喜大怒，讽刺挖苦，说笑打诨，随意挥洒——近世有人称他的朱批是"天下第一痛快书"。

雍正因了这密折，少受许多马屁蒙蔽，也因此使官们捞钱稍难而恨他，故造了许多主子的谣言，说他身后之名——"血滴子"及十大罪状，多由此故。

说自律

　　我认为以"自律"来励志倡廉是有问题的提法。因为就理论而言，任何一种好的理论，都是靠灌输才得纳入的。无论宗教、学说、知识……马列主义、苏格拉底……一概莫能外。从小爹娘教，大了学校教，社会管束，朋友制约，通通都是"他律"。有这许多的"他律"，才使人有了惧怕心、警惕心，这才叫"自律"意识。他律大致上都是控制欲望的，自律呢？晚上在被窝里，无论是贵人，还是破席牛屋中的潦倒人，辗转反侧想的都是国家大事、人民幸福，怎样为人民服务，如何做好"代表"？肯定不是。恐怕想女人（当然不是自己该想的）、想升迁、想出名、想拳脚功夫，什么太极、八卦抑或美国的泰森、阿里，想形意、武当少林、散打……怎样能打得对桌坐的那家伙满地找牙，想钱、想房子、想儿子怎样出国或厨房里的酱油……怕是想这些事的居极大多数，真正专门想学马列、学雷锋，默默无闻为人民做点什么贡献，这才对得起组织和人民对自己培养教育的，我不敢说没有，我肯定说有，也是极个别的。想干坏事，又怕他律，只好理智些个，如果这个叫"自律"，那倒是有许多的。

在历史现实的实践上，我没见过一个伟人活佛圣贤是靠"自律"立起身来的。并且同时，我也没见一个杰士廉吏是"自律"培养出来的，没见过一个贪墨之徒"自律"了，真的改正了的。记得是哪一本小说说了一句"大凡做好事的心，一天天会小下去；做坏事的胆，一天天会大起来"，倒是这句话，贴近真理些个。清代有个名臣叫郭琇，他原是个贪官。后来倒是有了个翻天覆地的变性。忽然有一天清水洗地、断指告天：从此要做好官！他后来了得，权相明珠做寿，千员朝官毕集，人人一副阿谀相，巴儿狗似的绕着明珠承欢色笑。唯郭琇在筵席上朗诵他弹劾明珠的奏章，拂袖元胸而去。

写《康熙大帝》时，郭琇这人物是必须琢磨，不可随便绕开的，因为这涉及康熙这主子的性格特点、人格特点以及书的情节安排。这个人很叫我诧异了一阵子。什么原因突然使他来了个一百八十度的转变？当然，在另一份很郑重的资料里，说康熙在私下给他下毛毛雨，他写的这奏章，这资料上有眉批"如此名臣便宜煞"的话头。我不排除这件事有"预先授意"的可能，但是明珠、高士奇门生故吏党羽如林遍布朝野，他这么做，首先要冒"得罪一大片"的风险。这是一；二、康熙也可能突然变卦，顷刻之间他便万劫不得翻身。明珠只是受了点疑心，康熙对他还是宠爱的。有可能只是"借机"，让郭琇教训教训他。郭当时官已不小，犯不着打这种冲天炮，冒这么大险；更须说的是，倘若他平日甚是庸碌，不是敢言敢为之士，康熙也不会找他来布置安排。

这是对资料分析，他当初何以突然改邪归正幡然悔过的呢？我绝不相信是王阳明那样：倏然开窍了便举措惊人（王阳明他自个想得发昏犯痛，也还是没明白所以）。其实郭的情形在清初很是个一般的社会形态。偌大一个中国，汉人不服满人统治是个普遍心态。他原先的贪，是想和这政府捣乱，也为自己捞点实惠变天时用。一下子"突然明白"，是看到了中央政府稳定大局的能力，看到了康熙的雄才大略，本质原不坏的郭琇就来了个"历史性的转折"。

当然这依旧是形势、心理的分析。无论后头的挺身锄奸还是前头的由贪变清，都还是他律而来。"自律"也就是他律之下的产物尔。

自律有点用处，但基本无用。他律败坏，小到一个人，大到一个国家、一个民族，再大到地球（地球环境的恶化，不是人类造成的么？地球"自律"有什么用处？）就要出问题，他律愈严，问题愈少，没有"他律"，世界崩溃。

宋太祖以陈桥兵变夺位，怕人说闲话，便巴结臣子，说立誓不杀大臣。这一条他律在，而宋室搞成中国历史上最窝囊、最无能软弱的王朝；蒙古人进中原建立王朝，把人分蒙古、色目、汉人、南人几种等色，他欺负下等人，自己失去了"他律"，不满百年，就剃头的拍巴掌——完了。

我们的杭州市，曾设了"581"的银行账户。官员的黑色收入、灰色收入存进去算缴公。这几年没听再怎么张扬，大约效果很有限。有一位县级干部有年春节向纪检部门上交了他收的五万元"压岁钱"，也许是"极个别"的自律者，没看见报章表彰。

一种社会现象的解决，靠制度、靠政策。什么叫制度、政策？是放之四海而皆准的措施。是为强大的政权"他律"。自律呢？一时也不准，一声也不准，一个人，也还是不准。自律这个词，是写检查，自我检讨，写认罪书逃活命的好词。

腐败症与糖尿病

今年有幸参加了中共十六次代表大会。江泽民在台上讲，我在台下边听边想，也算计了一下，如果无误，代表们兴奋鼓掌共十六次。其中最热烈，最长久，"雷鸣般"的是两次。一次是说台湾问题，一次是反腐倡廉的事，江总书记表示出极大的热忱与决心。代表们报以暴风雨般的掌声，参加这会议的多是党的中高级干部，阶级既高，且素养成熟。不然，从当时的气氛，准会雀跃欢呼起来。

我思量，为什么这样？一则是国家统一、团结乃众之所望；一则是反腐倡廉为国家强盛之本。因为无论你有多么好的制度，多么优良的办法、措施来治国，都离不开一个公明廉洁，可以说就是民意。不可能设想，贪官污吏一边大肆非法捞钱，一边率领我们百姓去"建设小康"的吧。

然而情势却是不容乐观。从中央到地方，大到"副国级"小到"未入流"的副股级，抓出来不少，枪崩了一大批，成克杰、胡长清、李纪周、慕绥新、戚火贵……捉住了之后一个也没有饶，全都杀掉了。杀一原是"儆百"的意思，宰鸡是给猴子看的意思。按理说该吓倒一大批的，然而不然。大家似乎不甚惊慌。《庄子》里有一篇庄子惠子河梁之对，内里说"乐哉鱼乎"——谁不幸被钓上了，它才"不乐"，写八股检讨，"深刻"骗人。没有吃到饵的还在那里——是否？我不晓得——偷着乐的吧——这应了篇中另一句"子非鱼，安知鱼之乐"。我在另一篇文章中曾说过，贪官污吏，腐败之猖，也犹如两句诗，叫做"野火烧不尽，春风吹又生"，大有前仆后继、宁死不屈的劲头。这几年患了病，叫糖尿病。忽地心灵有感了一下，竟和"腐败"联想到一处。我以为当前腐败问题，实在是个社会的"糖尿病"。"宇宙"这个词，"宇"是"上下四方"的意思，"宙"是古往今来的意思。自从有宇宙社会，我还没有见到哪个国家哪个地区不存在"血糖"问题的。可以说，全世界的国家"血糖"都偏高，而我们却高到了令人恐惧的程度。假设说哪一个医生发明了根治这病的药，我看应该给他诺贝尔奖。那么，哪个政治家弄出一套根治社会之"血糖高"的"药"，该得个什么奖？我的想象就苍白贫乏了。

从中国历史来看，秦帝国亡国是修长城、阿房宫，天下劳役过苦。用今天的话说是"基本建设"规划不当。还有掘运河，同样亡国。其余沿革，大多皆因"血糖"过高。谁都晓得，糖尿病是个慢性病。腐败一般不会导致国家速亡。怕的就是蔓延严重，导致并发症暴发。这就好比房柱为白蚁所蛀，人的骨质严重疏松，自有免疫力低弱至极。一旦战争、天灾、饥荒种种不祥降临，也就是"并发症"来临，那就只好医者束手仰天长叹了。汉亡于斯，唐亡于斯，宋元明清莫非如斯。

所以说，它关乎"生死存亡"，不是吓唬人的话，的的确确，一点不虚的事实、史实就摆在那儿。

"自律"是不成的。这实际是说请贪官们"突然醒悟"。"发现一个抓一个"，我以为也是"对症疗法"。哪个地方有毛病，连对症治疗都没有，病人肯定脑筋里有病，我期盼有社会学的"胰岛素"——须知今日之事已不同于新中国成立之初，毛泽东杀一个张子善、刘青山，实在是"朝野俱惊"。现在病已渐深了。至于怎么弄法，二月河一介书生，只能请政治家和社会学家仔细思量去。

社会糖尿病的延伸

开"十六大"期间，偶与一官员朋友谈心，我说："你是当的一方诸侯。现在我们天天喊稳定，'稳定压倒一切'。庙里的和尚们不但自己'稳定'，而且每日奉劝世人安分。这是稳定的元素嘛，为什么不把庙修起来，多一点僧众？"他一听笑了："这是意识形态上的事，不能乱来。"

我听了自然无话。但转而思之，"意识形态"难道不在"一切"之内？腐败，社会风气的沮丧、败坏与凋落，现在已是个民族问题。我以为这是高于意识形态的大局。

现在风气是什么状态？很多地方官员腐败，已是人们不再议论的一个题目。不再议论不是无可议论的意思，且是恰恰相反，是"债多不愁，虱多不痒"那味道，是"说了白说不如不说"的意思。眼见的事实是"发现一个揪一个"，愈揪愈多，愈揪愈大。愈揪是否愈深我不敢说，但我敢说，敢于直面这样的败坏是要胆气勇力愈来愈大才成。这就好比臭脓疱，掩起来味儿还淡一点，翻腾起不冲天，也要盈室，那形色像医生见了癌变转移，任是华佗、张仲景也只得攒眉摇头，病得太重了无从下手，这又是个什么"程度"？这说的是官派，是上等层面，往下说，我前见报端披露，一些小学生开始竞选当班干部，因为班小组长、班干部在老师羽翼之下也有许多豁免权，比如考试、纪律等事上的优惠，没有竞选上的则用糖果小对象把戏什么的向班干部送点什么"意思"，那争取的也是不交作业、上课做手脚、犯纪律免汇报什么的种种好处。

这样的普遍性与深入性，它的层面之广，棱角之多，侧面之泛，真是叫人不寒而栗。

仅此而言，还只能说是阳面的。阴面的也很使人发栗。白道上的事为人注意那不奇怪，黑道上也"腐败"，这是吾国现今一国粹。比如说官员受贿，收了贿也不办事，"收人钱财，替人消灾"这"原则"也被吃掉；比如入室行窃被拿，主人已说饶过，还要动刀杀人灭口；比如入室行抢，"东北虎""西北狼"们进来，不由分说先一梭子冲锋枪子弹扫灭主人，然后从容席卷而去；比如说撕票，黑道本来有规矩，赎金按时送到前不能撕票，也不顾了这事——先撕票再要赎金的也有的是，一些儿体统也不讲。

我说这事，朋友常有笑我的，白道上的腐败还管不了，你还注意"黑道"。我想告知我的朋友，昔日庄子有云："盗亦有道……夫妄意室中藏，圣也；入先，勇也；出后，义也；知可否，知也；分均，仁也……"这是道家对黑道的制约，也是盗的一定行为规范，是对总体社会的分配原则的调节杠杆。白道当然是主体，黑道上的事也不可持玩忽心，因为真的"盗亦有道"，可以少却许多恶性案件，减少社会戾气。我把赎金送给你，你守规矩放人质平安归，下策是下了，一家人也算"解决了问题"，公安局有一抢人真案，却不是杀人案——这也是事实了。

所以，腐败的根源是道德的失控，比如一个贪官，偏他又是个"唯物主义者"，无所畏惧，神仙佛祖，阴司报应这些个他统都漠然，上级又看不见他贪污，群众又奈何不了他，钱又在眼前，他若不贪，那真出鬼了。

　　法治自古就是主体。不要忘记，不论什么历史时代，执法的永远是人。内因起决定作用，石头蛋子孵不出小鸡，恐怕永远不错，成克杰不懂法？他本人就是最高立法当局之人，陈希同、戚火贵哪个不懂法？——他们犯了罪还说胡话：是"放松了世界观改造"——什么样的世界观允许他这么胡来？真是扯淡。

　　所以，江泽民讲以德治国，我在"十六大"上拍红了巴掌。朱镕基在《政府工作报告》中又提以德治国，我的手又红了一次。

再谈腐败症与糖尿病

　　如果留心，这几年听到的腐败与反腐败类的传闻，诸如"走后门"、"张宝林"（三种酒：张弓大曲、宝丰大曲、林河大曲）、"炸药包"（礼品包）之类的街谈巷议，确实是少多了。清官戏也渐次消失了轰动效应。是不是腐败的事真的好起来了呢？但偶尔露出的反腐议论却是有点令人毛骨悚然。

　　当然，老百姓身处低位，只是看到一些"现象"，汤里有个死老鼠，这汤便不好喝。激愤之词未免失衡夸张——一方面是议这事的少了，另一则是议论的层面高了。这就可畏可怖。因为腐败的蔓延已不是什么稀罕事，见怪不怪，人们懒得为并不十分切身的滥话题作为自家谈资了。虱多不痒，债多不愁，反而平静了下来。二是腐败"档次"高了，下面科股长们闹一点小特殊，收一点礼金礼品，既是习以为常，也是顺理成章的事。在这种情势下的一度"端起碗来吃肉，放下筷子骂娘"的事也就成了过去。不是不想骂，而是需要骂的事太多，骂不动了。

中国人的财产不是公开的，几千年以来没有公开过。百姓的财产、收支不公开，自然影响到税务，征收"遗产税"云云更是遥远得渺茫，官员的财产不公开，贪污来的钱其实就是说到手了就已经"洗"过了。不是洗不洗的问题，而是根本不需要洗。发现一个抓一个，那自然是对的。没有哪一个国家政府有"发现了也不抓"这回事。财产不公开、财政制度不健全或根本没有，助长了贪官的胆量。因为"不能说明财产来源"的罪名，实在也量刑轻于鸿毛。动辄几百万、上千万"不明来源"财产——他不造钞票，又不会屙金尿银，哪里来的？明明肯定是搂来的，然而却是不明，因而本来明明白白的事，也就跟着"不明"了。

新中国成立初期杀掉的张子善、刘青山，他们贪污的钱和今天的贪官们比较根本"算不了什么"。也就是几十万吧！现在时兴用语，叫"除去物价上涨因素"，那该折算几多？和赖昌星手里的一大批官员相较，又算得个什么"巫"？刘青山、张子善，是"地

"厅级"干部。就档次而言，现今已是普遍的普遍干部典型了！就"三反""五反"时定的规矩，一万元以上就是"大老虎"，枪毙的也不在少数，有些地方甚至道不拾遗，夜不闭户。开国政治家的腕力与风骨，真的令人钦服难及。

这是很简单的比较，愈是事实愈是令人感受着沉重。我们天天喊"防腐拒变"，冒出水面甚至是笨到自投罗网的吞舟贪鱼却是层出不穷。沉重之余，用一句《胡笳十八拍》里的话，"攒眉向月兮抚雅琴，五拍冷冷兮意弥深"，说这心境，是很惨的一件事吧。

从经济发展的角度，现在确实有了前无古人、史无前例的跃进。如果缕陈这一事实，可以写一部大书的。但我们是否应该注意一下，不要让贪风炽烈到与此"同步"发展的地步？

《三国》里的张飞向人吹牛："我什么也不怕。"那人反问："病，你怕不怕？"张飞立刻摇手攒眉："我怕我怕痛……"——记得小时候父亲讲过这故事。他的本意无须再议。那么社会呢？一头经济发展，长得牛高马大，是庞然大物了，一头却有消退不下的高血糖。我前面的文章是谈腐败症与糖尿病的。高血糖引发白内障，让你变瞎，心脏疼，脑栓塞——一下子就

瘫了下去，最后导致金石无力回天的尿毒症……社
会患之"消渴"症可怕不可怕？"腐败症"的各种情
形似都可与糖尿病相比。一、都是富贵病，社会环
境愈佳，愈易滋生。二、先天遗传与后天发展而来。
三、都是不知不觉中蔓延发展。初期无症，润物细无
声。四、都不会一下子要命。五、都引发人体各器官
病变。六、都削减免疫力，无法招架并发症。不同的
只是糖尿病是个人的事，是一群人，面临难题的也是
杏林学者们；腐败病是社会性的，人人有份，概莫能
外。说防范不力，说无良医良方良药，那么我们就等
死吧。

把臂叮嚀劉公孫神坐處
滿頭白髮即兩相對

丁亥盛夏白石老人畫
馮其庸先生諟畫

礼 之 困 惑

　　《阅微草堂笔记》中见到一则故事。说有一大官，一直以清操志节自诩。凡门生故吏望门投谒，想带一点礼品敬献给这位，他是一律严拒的。钱不要礼不收，还要教训送礼的下司学生，子曰诗云地一大套，弄得送礼亲友人人汗颜无地。他如此崖岸高峻，自然是清名广播的了。这就好比演员登场，台面上是海瑞、况钟、包文正，下场子坐在戏箱上，他就又是一番思索：呀，这么好的砚——端砚呢！这么名贵的字画——宋徽宗的鹰呢！我怎么就挡回去了呢？那方汉金瓦，恐怕没有二百两金子不成的吧？也……挡回去了——就是那只金华火腿，今儿中午小酌下酒也不赖的吧。唉，也……他独在幕后这么思量，愈想愈不是滋味，心里愈难过。每当客人羞惭辞去，这点心思无处发泄，便拿着家人出气，无事生非地寻衅打骂家人。但闻空室暗隅中鬼魅哧哧窃笑不已。

由此连带又一个故事。说一大官，有下属送他两千两银子，被他训斥一通而去。但是有一次他去一位朋友家，适逢朋友领了俸在家——白花花的银子堆得一桌子都是，这位先生忍不住，竟攫起一块扬长而去。

第一位，算是阴柔；第二位，算是旷达。从心底深处，对钱的感情是一般样儿。如今我们这世面，只要是个官，收钱不收钱的我不清楚，不收礼的我还没听说过。倘不，我敢肯定，那就是绝顶好官或病态了的小心人。做了好官或小心的官，那也不算差的。如今的时兴状态，不送礼决计"不予办事"，收了礼也未必办事，办正经事——比如跑项目，堂堂正正的公务，礼也是非收不可的。道理很简单，这项目审批权在我，僧多粥少的事儿，没有是非，当然谁给我贡献的实惠多，我就"审批"给谁。收了礼不办，不办就不办，反正你是下头，你能把我"上头"怎的？——我猜他的心思，准是这点味道。

这样的风气下，相较而言，那在家骂人的，公然攫了朋友钱去买酒吃的，都是该通报表彰的。

可怕的是他不是孔繁森，也不是王宝森，他是"这一个"大家中的这一个。"法不治众"，一般情况下是个事实。你是这样，我也是这样，上头这样，下头也这样。已经变成了一种广泛的社会行为，非常的也自然成了正常——小学生屁蛋小孩子，作业没有做好，会去对老师讲："我爸爸在××单位工作，您有什么事要办，给我说一声就成。"深入到这个层次，真的让人替我们的民族捏一把什么呢？克己复礼为仁。我们的《道德规范》里也讲"明礼"，什么是礼？我看多数人是不甚了了。有几个人会想"礼——就是理"的？当然，礼还蕴涵许多内容，仅就这一"基本点"而言，吾国国民"民鲜久矣"。你抠我鼻子我挖你眼，你抽我一嘴巴我揍你一耳光，这也是"礼"，叫"尚往来"。"尚往来"既是基本原则，当然就你给我钱，我就给你"项目"。现象上说没有问题，没有毛病，只是机关有点蹊跷：办的是公事，钱却进了私囊。

纪晓岚的这则故事没有提那官的名字，或者是为亲者为尊者有讳，或者那人当时尚健在，揭了秃疤疮怕"予后不佳"。但我以为是苛了一点的，"诛心"太严了些：一个官员，知道畏法或知道羞耻，怯于舆论，不肯或不敢苟取非分，无论如何也算在守成自律里头的数。

倒是那群鬼们，不知见了今日那些以贿成政的官们的形容儿，该笑还是该哭呢？

悍贼，汉贼

　　我们几乎每时每刻都在治贪，大到"副国级"，顺延数去到"副股级"，佐亲未入流的弼马温之类，杀却了的、关起来的恐怕要算是"历史之最"。据我掌握的历史资料，唐宋元明清，这些法统清明的历史时代，没有哪个能和我们的"力度"相比。

　　但其实效，我却以为"一般般"，杀掉的多，仍在前仆后继；关掉的多，冒出来的似乎更多，有点"野火春风"味；更遑论逃出去的，——算得是太阳山上的撒溜，捞够了，或是见势不好眉头一皱计上心来，三十六计走为上，到外国做寓公去了——报端介绍，这群贪官在美国仍是阔气得不得了，让世界首富国的公民惊羡不已。

　　写到这里，我竟无端地想起《红楼梦》里的

话，套起来叫"看破的遁入了美国，痴迷的断送了性命……乱哄哄，你暴露了我来干，且把国家当我家……"如果说这是一群贼，也堪称历史之最，史载所无的一大群——剿不完、杀不灭、打不死、训不顺的"悍贼"。

也可以称为"汉贼"的。也许这样称更贴切一点。他们既是民族的贼，也确实与民族不两立。

新中国成立之初毛泽东杀张子善、刘青山，可以说整个官场为之悚然变色，战栗惊心。现在搞一个"厅级"已经是"毛毛雨了"，除了他身边几个有关的人或有余悸余悲，"他人亦已歌"，大家都很无所谓的了。

什么原因搞成这样子呢？

A．整个风气坏；

B．整治措施无力；

C．官员都是新中国成立之后的人。

这需要作点解释，中国的腐败风，正规地起于青萍之末，应该是从"走后门"那辰光滋生，这个腐败小小的：要办事，弄个炸药包（点心）手榴弹（酒瓶），把后门弄开……其来也渐，其入也深，浸润也广，——从"文化大革命"的禁锢中走出来，那种苦行僧的生活一下子消失，有酒可以喝得昏天黑地，有肉可以胀得脑满肠肥——尽吃尽喝愈弄愈大，且是上下一致"与时俱进"，血糖指数达三十，阳性到四个加号，尿糖试纸：黑色。

就整治情形来看，我认为当局决心和腕力都是颇有可观的。但明摆的事实是措施含糊，缺乏制度支持。武则天肃贪，是弄一些密告箱，用私人特务网巡察，确实冤杀了不少人，但这不失为一种制度，就治贪本身，也还是起到了很大作用。雍正治贪，是用密折制度。他不设内阁，躬亲朱批这些私人奏折，对各地各要员的情形相当熟稔，这种制度我以为对官场的"他律"儆戒，确实有极大震慑。我们呢，"文化大革命"之前有"三反""五反"等运动，其他的政治运动也连带有肃贪力度，是"运动治贪"。后来没有了运动，其他措施跟不上去，贪风也就渐炽渐烈，成燎原之势。"发现一个查处一个"这只能说是办法。世界整个历史没有哪一个国家团体，"发现"了危害自身的异类而仍"不查处"的。问题本质是在"怎么发现"，而不是发现了"追究不追究"。就"办法"而言，我的看法也是少了又少的了。

而贪官那队伍呢？却是不断"成熟壮大"炽盛得

成了气候。现今的干部队伍已经没有了"新中国的缔造者"。很简单，这江山不是他打的，也就是说这家业不是他创的，他敢情就不爱护、不心痛。负责任的少了，巴结者混混儿"上去"的人也就多了。再就是贪官本来就有较高智商——纪晓岚说过类似这般的话：君子未必有才，而小人莫不有才——他们都是念过大书的人，又都是积极的"唯物"者。好智商加之强大的心理素质，又遇上了制度不健全，又逢改革转型环境秩序剧变……这一切一切，为贪风的滋长造成了千古良机。这"悍贼"的出现与发旺，实在有着它的社会深层因由的。

危险的症象

凶杀风已经弥漫进官场，这真是令人毛骨悚然的社会现象。我印象中最初的案例是河南省某市的一位政法委书记雇凶杀人，杀的是他下头一位"刺头"干部。这已经令人瞠目了。后来报刊披露的情形愈来愈多，愈演愈烈。有同级官员情感意见相左的；有下级副官杀主官，以扫清晋升阶梯的；上级杀下级，下级杀上级，同级杀同级，政法官员杀非政法官员，非政法官员谋杀政法官员……杀得五花八门，杀得叫人眼花缭乱。这样的"礼崩乐坏"，孔夫子见了，恐怕也要"舌翘然而不下"的。

正看得昏头昏脑不知所以，忽见又有报道：黑龙江一位检察官蒋英库，本人就是一帮"黑手党"的老大，一边当检察官，一边组织杀人，共残杀二十一人，尸体一律肢解焚烧。他的结局不足为奇，是和四个"哥们"同时吃枪子儿。令人诧异的是，这一号人物怎么混进去当了检察官的。

这样的"人文景观"，出现在和平时期，出现在"管理层"里，想一想都会令人不寒而栗。以暴力处置文官政府中的矛盾，也是亘古奇创。

和平时期应该是个什么样儿？

官们爱钱，出来成克杰、胡长清们索贿受贿，不稀罕。唐宋元明清，出来些子贪官，折腾折腾又折腾，折腾得"国家政府"这棵大树空了，倒了，算完拉倒。天下动荡时武官们又怕死，一个又一个与原来的主人"拜拜"——就是人说的大厦将倾，独木难支，其实他原本也就没有过想"支"的意思，倒是"弃暗投明"主动撤出这木的居多。所以岳武穆曾说："（几时）文官不爱钱，武官不怕死，天下太平。"还有，诸如球场裁判吹吹黑哨；汽车碰死人，碰死白碰；商店里卖点假货；评奖给评委送个红包什么的……那都是盛世之疣，虽在肘腋之间，也不过是疥癣之疾罢了。

官员们介入黑社会，或者官员们自己就是"黑帮"赤膊上阵杀人越货，这类事历史上有没有呢？有的。

但那大都发生在乱世，发生在夺取中央机枢政争之中，或特大家族的承继权力争斗里，也有这回事。中国的西晋时，五胡十六国期间，五代十国那些年头，官场里烛光斧影经常闪烁。最显眼的是清嘉庆年间一个下司杀了上司，是为了追补亏空引发而来，嘉庆是将其剜心致祭，凌迟处死了的，这件事我还把它移植进了我的《乾隆皇帝》里头。

"官通匪"是历史现象，但不是现在这个"官同匪"的案例样儿。"要做官，杀人放火去招安"不假，但"招安之后"也就安生了，不再胡乱杀人了。再如《隋唐演义》里的秦琼，分明就是那时的一个"公安局长"，却和瓦岗兄弟相善，但那时是天下大乱的哇。他也没有去杀他的同行。

现在我们出的这种事，真的在历史上"书无称载"，真的太可怕了，观察一下，蒋英库这王八蛋，他一个电话约了"朋友"去，这朋友就此失踪了——喝酒——吃迷药——杀——解肢——焚烧！连同那些雇凶杀人的官，官员载进杀人的"刑名"案子屡书不绝，这是恶极了的社会症候。这当然是"腐败"所引发，但它所代表的"层次"却与"乱世"相匹。偌大的中国，偌大的社会，这样的人事当然还是"个别"的，然它的"借鉴"意味却是十分严重的。

我们总在嘲笑"封建社会"如何怎样。据我有限的历史知识，唐贞观年间，最好时候，每年全国处决死囚犯人不满百人。我们这上头怎样？我们期望着有一个好的治安（情势不同，我不作类比），但官员自己的"治安"都这么着，真可令人忧虑。

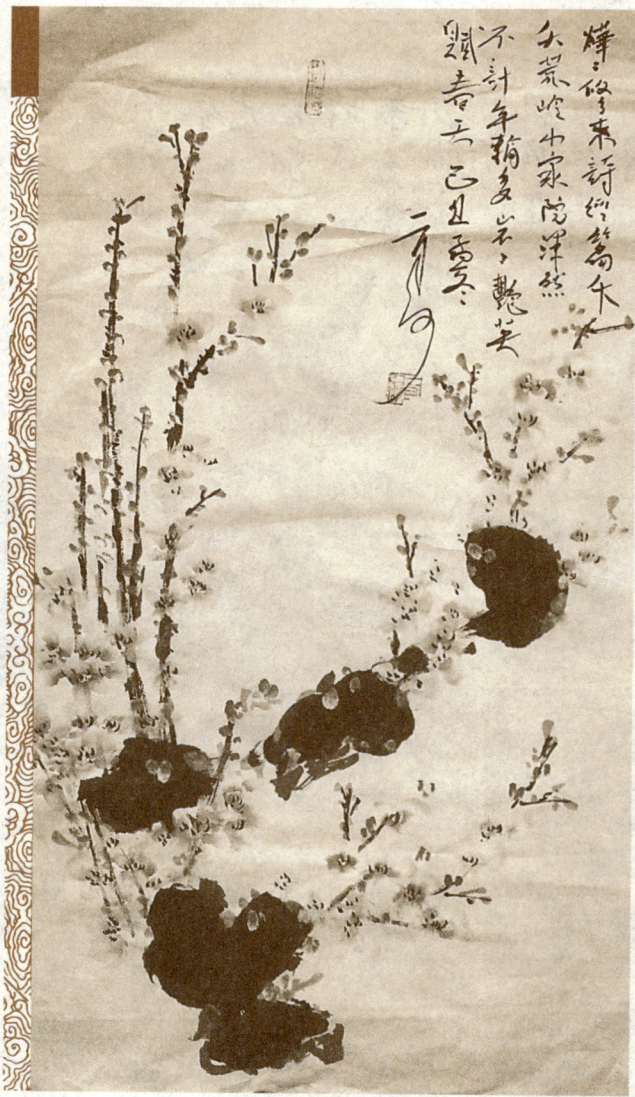

太阳山的故事（一）

近几年因为反腐的缘故，在电视上经常地可以看到"不幸"罹法的官员。我是研究了半辈子"形象"的人，自然异常关注他们的"临庭"或者"临刑"表情、表现。

什么样子呢？有的在庭对辩论时言语喋喋手势翩翩；有的似名家演讲，依旧气宇轩昂；有的深沉面对法官听众，俯仰自若，静聆对自家的起诉，不时翻阅自己手中辩稿，偶尔瞟视一眼周围人众情绪反映——一如平日在会议讲坛上准备发言时的神态。

有的面带微笑，从容表现，频频与在座熟人点头致意。这有点像——宴席未开前的东道主人：啊，请坐。真对不起，饭不好，菜也一般……这几天忙，久违了……

　　有的肃穆威严，额头皱眉注目庭上——那法官许是他的"老下级"：最近工作怎么样？

　　有的……

　　也许读者说，也许这都是轻刑，有期徒刑，最多无期死缓，轻轻重重与性命无碍，所以他们才沉得住气。然而也似乎不是的，慕绥新就有点从容就义的派头，胡长清的镜头也看了：在死刑判决书上签字，去镣——那似乎是深夜，他好像刚睡醒那样平静，步履沉稳地在镜头中消失了。成克杰到底官最大，表现也最"优秀"，他打毒针伏法前，像平时出门一样与留守他的工作人员一一握手告别，感谢他们这一段的"服务"！

　　看着这样的镜头，旁边围观的朋友往往嗤之以鼻：这时候死到临头还在装！

　　我起初也以为是"作秀"，后来看多了，又仔细想想方才悟出来，这一切的从容不迫、镇定自若，居然都是真的，他真的是有这份素质与力度。

　　我小时候看过镇反运动。捉到的国民党土匪，拉去枪毙，有的也是昂首挺胸，健步服刑，被五花大绑，捆得像粽子一样，还将身后牵绳拉得笔直，这气概仍然威风。但也尽有面如死灰，瑟缩不能成步，行走需人搀扶的。

比较了比较，印象还是深刻：同样是死，国民党反动派表现最差，而共军方面最好。无论《红岩》里头的江雪琴，还是现在的成克杰，时代不同，情操差异如同云泥，令人吃惊的是境遇一同表现差不多！这真是一道难题景观，一入党，不论人品好坏，都将生死置之度外了么？江雪琴倘活到今日，看她洒尽热血换来的江山滋生出这么一群东西，她老人家又不知有何感受。

我从小读到一篇课文叫《太阳山》，说是一个贪婪的人在太阳山上拾金子，忘了回家，到太阳出山时被蒸发消融掉了。为此今日有感，成克杰们是拾金子忘了回去的人。太阳出来晒到了他，他是一个倒霉的人。这些混蛋倒霉蛋，能如此勇敢地面对现实，这可真是件奇哉怪哉的事，我想为此说几句话，报刊容量有限，这算第一篇。

太阳山的故事（二）

　　小说人物进入世相，也就是寥寥若晨星的那么几位，如曹操辈、《薛仁贵征东》中的张士贵，国外的匹克威克先生、保尔·柯察金等等……扳着指头可以算得，但如若公票表决，王熙凤以她的平民社会形象肯定得票不遑让他人。

　　她外在的特点够特出，人们很可能忽略，她还是《红楼梦》中最"唯物"的人。她自己就公然宣称"你是素日知道我的，从来不信什么阴司地狱报应的……"可以说，除了礼教本身对她的社会约束，她什么也不怕，什么顾忌也没有。由此而带来的后果，杀人害命掠财，坑陷尤三姐置之于死地，干起坏事来胆子既大，干得也彻底干净。因为她的思路很清晰：没有死后来世的轮回报应，活着的利益便是一切。

现今的腐败心理怕也是同样。他不伸手搂钱时，争名夺利的不择手段、不计后果，恐怕也是这样的"唯物主义"在作强大的支撑。比如下级杀上级，为的仅仅是由副职提升成正职，这罪名在古代叫弑，做这种事的刑罚要比平常杀人重几倍，很少有人干这事的，现在竟成了家常便饭。市县干部——也就是官了——多数是本地的人，历来的传统，兔子不吃窝边草。现今的实在情形，买卖场上叫杀熟，贪官优先选吃窝边草，大吃而特吃。赈灾的钱、扶贫的钱、救命的钱，大到银行国库，小到穷人引车卖浆升斗之资，统吃不误——这是一群什么样的蝗虫！我们好好的一个民族，偏偏遇上了这场蝗灾！这股原本永远是暗流的浊水，大有变成明河的趋势，它还不是"党风不正"四个字可以轻轻囊括的事，而是超越了一般层次的社会公害，为祸民族的癌变毒瘤。我看，有毒的"唯物主义"应该首先清算。

坏蛋真是唯物么？据我对历史的了解，不是这样的。明代宦官揽权，坏事做尽，但向寺庙禅院中进香，礼拜最勤的也是他们。捐资给佛祖观音"重塑金身"，他们是最舍得掏钱的。民国时戴笠手下特务如林，也是坏事做尽恶贯满盈之后，这些污物会到寺庙中捐资忏悔，请求佛祖保佑宽恕罪恶。现在的官员我不知道。大抵从理上说也该有这出戏的份？所以我以为观人风者应该到大廊庙中去，也观一观神风，察一察捐资簿，瞧着是个官檀越，捐的又多，就该问一问他的收支平衡的状态。

最唯物的，最唯心的都是他们。仓颉造字鬼哭，周景铸钱鬼笑。见了这群要钱不要脸也不要命，得了银子又求神，要命不要脸的东西，鬼们是该哭还是笑？

太阳山的故事（三）

　　这个提法，似乎还没有人说过，但的确是实事求是的一个观点。我的理由极简单：A．腐败现象列国都有，是个普遍的社会现象，非吾国的国粹；B．腐败"糖尿病"不仅侵蚀"我们的党"，它害及的是整个民族，相关的是国运气数。国民党在北伐战争时期也是生机勃勃，所向披靡的，也是蒸蒸日上一往无前的；腐败得齐根烂了，也就是气数尽了，美国人又输血又打气，仍然身似五鼓山月稀，命如三更灯油尽。老蒋跑到台湾，痛定反思，整顿刷新一番，打了打胰岛素，才总算维持了一个小局面。

　　这扯得似乎远了一点。我要说的话是，我们倘再这样演戏下去，就算你是革命者，在历史上曾无与伦比地强大过，唱一唱《霸王别姬》的事怕也难免。

但我们却在不停地畅想当初。打开我们的电视吧，还在那里不停地演长征戏、延安戏。我自身也是中共党员，还是全国党代会的代表，看看现状，再看这些"剧"，心里真的很不是滋味，很……什么呢……很有点惭愧的吧——我们的前辈争气，能代表我们的光荣么？倘他们不是死，而是一觉睡醒，见到太阳山上这一群，捞够的漂洋出海享外国流亡福；没捞够的，毫无畏惧地在山上拾金子。他们很有几个临刑仰天大笑的，也尽有歌诗长街行的，此刻他们还笑得出来么？

因此，从社会效果来说，演这样的历史正剧未必是好的。那么，演反腐倡廉的剧就正确了？我以为也不佳。为什么？因为明着的社会腐败现象就天天在他眼前。腐败不但不收敛，且是在日新月异地发展，贪官队伍是"野火烧不尽，春风吹又生"地越来越壮大，且是越干越胆大，越来越良心泯灭不畏死。你电视剧里头表现的那些反腐倡廉英雄，他在生活中一个也见不到，你让他怎地信你？我们搞"五个一"工程，是为了提高全民"跟党走"的信心。这些"戏"能成么？

所以我们不要搞迷信。迷信自己的过去也是迷信。病重了要治病，而不是"相信"自己的身子骨儿，硬扛。还有一种错误的迷信，好像我们的生产力搞上去了，连这社会糖尿病也不必理会——二月河忠诚地告诉您：唐开元时期，中国的"鸡剔皮"占到世界的百分之四十。糖尿病一犯，来了个"天宝"并发症，渔阳鼓声动起来，大唐帝国真的像受潮的糖塔一样软坍了下去。而美国的"鸡剔皮"，现今也才不过百分之二十！

太阳山的故事（四）

有一位下派到乡里工作回来的干部对我讲，基层干部过得苦。他到副乡长家中做客，眼见景况令人惊异：家中除了一部黑白电视，几乎没有任何电器；门窗是破的，沙发是破的，床也是破的，水泥地板也是破的……所有的东西几乎都是破的。然而他却取出了上好的酒来招待这位干部。酒酣耳热之际道出真髓：我要弄钱送礼，扶了正（副乡长升为正乡长），我就好办了。——你问扶正了以后？那当然目标是奔副县。然后弄钱，再扶正——总之是官当得越大，弄钱越方便，送的越多，官就越大……再说，下头老百姓过的什么日子，我一个副乡长在这不能太扎眼（家中招摇摆阔招人怨恨）……

这话乍听似乎尽都在情理之中。然而我却越思越惧，竟有点悚然了。这只是一只小蝗虫，但三农问题不正是这些小蝗虫造成的吗？我这次开人代会，原准备上个条陈，说说三农的事的，温总理报告说五年全免农业税，引得与会代表掌声雷动经久不息。

不过我还是要空处发一点余意。若不小心，这几百亿说不定被这些小蝗虫全吃光。而且吃出胃口来，变出新花样来再吃新的品种也未可知。比如计划生育课题，吃；老师工资，吃；救灾钱物，吃；扶贫项目，吃……吃！有一条你永远不要担心，蝗虫只会越吃越"大"——从副乡到扶正——再副县到扶正——再……决计是不会吃饱、停下来歇歇胃口的。

没有见哪个傻瓜把钱往下撒的。你"群众基础再好，老百姓升不了你的官。老百姓拥护你，但他们说了不算"。说了算数的是"上头"。真个是"说你好你就好，不好也好；说你孬你就孬，不孬也孬"。如此这般谁肯对"下头"负责？

顾上不顾下，可说是缠绕了中国几千年的官场恶疾、乏药可医的绝症。由此引发革命造反，形成一个一个王朝更替循环怪圈。

一个人，上身穿着锦衣重裘，下头穿一条烂裤头，很难看是不用问的；健康呢？恐怕也是不用问的。

还说太阳山

小时读到《太阳山》。这是一则童话，说是这座山上遍地黄金，人们可以随便去捡取。只是这件事只能在黎明前去做，太阳升起时，没有下山的人就会晒死在山上。聪明的人捡一点立刻下山，贪婪的人来不及下山那就死在山上。

中国的太阳山在什么地方？很遗憾，我以为最高峰是在官场。我们的官位级别，也就像一座高高的山，金字塔形的，有着稳稳的基础。从村、乡、县、市……这么一层层"上去"，有着一层层的阶梯式的攀登道路。在这座山上，只要你"知足"，取得你应有的金子，大致可以说是安全的。规则可以说极明确，只有低头捡金子，不看天的人，太阳出来，就会被晒死。

成克杰被晒死了，胡长清、慕绥新、戚火贵们就是这样死的。还有成批量的人，在太阳临出之际，一刹那间逃到异国他乡，成了吃金子利息的外国寓公。这算是暂时的侥幸。我信及他们的日子，绝不会比我们乡里的放羊老头或者城里的板爷过得舒心自在。因为他们头上始终悬着太阳，一旦照到就完。

人的两种本性——贪婪与恐惧，在太阳山捡金子时的形态，表现得最为充分。我相信洪昭光教授的话：贪官不长寿——那制约他长寿的要命因子太多了。但我更相信，宁可不要长寿，捡金子捡到日上三竿的人，仍旧会我行我素，只要那山上有金子可捡，前仆后继、视死如归的人有的是。这不是我说说或者执太阿之柄的人说说或吓唬吓唬就完事的事。我们的反腐手腕硬不硬？与列国相比，我认为强度是够的，然而强度与力度不会是一回事。

秦始皇似乎一开头就想到了这件事，他设御史，就是监督官员们遵守游戏规则：太阳出山前必须住手——到后来无论世局怎么翻云覆雨，后人竟没能有些须更易。我们的纪检和舆论批评也就是这个作用罢。我已经说了，腐败与意识形态无关，任何思想体系的政权都有面临"社会糖尿病"的事儿。但腐败与社会制约、社会环境却是有关的。有这座山，没这座山，山上有没有金子，与捡金子的人数是有关的。

十届人大修宪，有了"以人为本"这个理念，但愿这座山的山基有所松动乃至更移。

小说节选篇一

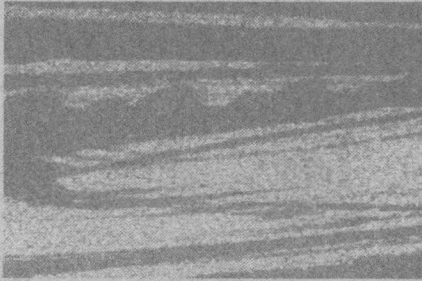

胤禛上条陈[*]

  "施世纶这人还是要保下来。"康熙将一份奏折页子合起，放在茶几上，沉吟道，"这个人倒是个能员，只是急功近利，也招人讨厌！一是太好事，在宁波府弄什么火耗归公，克扣得下属县衙连师爷都请不起——贬了官，仍禀性难移！再一条，他和于成龙犯一样的毛病，打官司护穷，护读书人。须知天下事并不尽是穷人、读书人总有理，抱着这样宗旨断案，哪有不出差错的？"

  胤祥听到这里，忍不住膝行一步说道："阿玛圣鉴，洞悉万里之外！儿臣看他是个理财的材料儿，户

---

  * 节选自《康熙大帝·乱起萧墙》第四回"查库银康熙倒噎气 整吏治胤禛上条陈"。

部还有个主事的缺，何不补他进来？"

"你忙什么？这就要说到你了！"康熙偏过脸来，冷笑道，"朕竟不知道你们这对难兄难弟做的什么好事！你们人还没回到北京，告状的折子却先递了进来——朕不说你们，你们自个看看吧！"说着将一叠折子"啪"地摔在地上。胤禛、胤祥都吃了一惊，忙双手捧起来翻看，头一篇便是安徽巡抚甘茂林的折子，题头赫然写着："为题参安徽布政使何亦非倚仗阿哥敲诈民财，紊乱盐课事。"下头几本却是按察使的，说因盐课处置不当，通省盐民罢市，盐枭沟通水盗抢劫运盐船，安庆、庐州、颍州、徽州、宁国、池州、太平等府治安不绥，请旨弹压。连篇累牍，把个安徽说得贼窝子似的，竟是通省不宁。明是弹劾何亦非，其实本本奏章含沙射影，指着"阿哥钦差"不谙民情，举措失当，招来民怨。胤祥顿时气得脸色通红，正要说话，胤禛却将稿本一合双手捧着递了回来，说道："阿玛，既是盐枭作乱，请阿玛准了安徽臬司衙门的奏，出兵弹压！盐枭紊乱国政，早该痛加整饬，如今趁势一举查办，正是时机——儿臣担保半月之内就可平息！"康熙一哂，说道："你能担保？"

"儿臣担保！"胤禛静静地说道，"这不关何亦非

124

的事，都是儿臣的主意——官绅盐商狼狈为奸，已成尾大不掉之势，不管管实在不行了！"

康熙忽地从炕上跃起，逼视着胤禛道："你好宽的肩头！居然在朕跟前说这样的大话！好好一个安徽，叫你们搅得七颠八倒，还要吹牛！朕叫你们去看河工，谁叫你过问盐政来？连吏治上的事你也管？十八行省独独整顿一个安徽，逼着要人出钱，能不出事？别的省怎么办？你就是不安分！都怪太子太纵容了你！"众人见康熙勃然大怒，顿时吓得脸色煞白。胤祥忙连连叩头道："事情是儿子惹出来的，请阿玛下旨，儿子愿同四哥再赴安徽，用兵弹压！""没你的事！你不过是老四的影子！"康熙怒喝道，"朕叫你们看河工，你们看河工就是了，谁叫你们惹是生非来？一二百万银子，户部拿不出来么？"

"回皇阿玛话。"胤禛叩头道，"其实儿臣一片好心，也没有越权行事。秋汛将到，河防不牢，不就地筹银，再从户部调银，怕误了事。再说户部的情形儿臣也略知一二，要拿出这多银子恐怕一时也很难凑手……"

康熙怒极反笑，转脸对张廷玉等人道："你们听听，他倒比朕还'略知一二'！户部昨日递上的册子，库里还有五千多万银子呢！"

"万岁……"张廷玉身边的马齐苦笑了一下，说道，"四阿哥说的是真情。奴才虽不知底细，但户部的账目与库存不符，由来已久了。"佟国维却道："论起这事，四爷、十三爷嫌孟浪了些，却是一片为国忠心，像这样的事，该当请旨之后再办的。"

康熙这才知道，上书房大臣中意见也不一致，遂缓过颜色说道："你们自然是好心，但须知天下事兴一利必有一弊，叫人防不胜防。天下太平之日，多一事不如少一事。老四，朕要说你一句，办事认真是好的，但要宽厚待人，下头的人有他们的难处，你凡事要设身处地替人家想想，你不但克扣了一省的生耗，还要从盐商身上打主意，怎么不招人怨？你们去吧，先去见见太子，随后朕还有旨意。"待二人默默饮泣叩头出去，康熙叹道："胤祥是个傻大胆儿，胤禛做事精细，只天性中带着刻薄。长此以往，这一对搭档可怎么得了？"佟国维听了只一笑。马齐却道："若论待人，还是太子爷、三爷和八爷；若论办事，奴才倒以为少不了四爷这样的认真劲呢！"康熙低头思忖了一下，笑问张廷玉："你怎么不言声？"

"奴才一直在想。"张廷玉皱着眉头说道，"是不是安徽三司有点夸大其词。一连六府盐枭作乱，居然没有惊动兵部！安徽好几个密折专奏的臣子，也不见递来奏事匣子——他们都是做什么的？"

一语提醒了康熙，不禁一怔：真的，要照该省三司衙门的奏折看，已是一团乱麻，怎么几个知府不见有折子进来？他拍了拍有点发涨的脑门，要了一杯茶吃了两口，只是沉吟不语。张廷玉想了想，已经明白，这是胤禛、胤祥兄弟俩在安徽敲剥了官员的火耗银，火气没处发作，借着盐商的事，让胤禛、胤祥吃吃苍蝇。但他不想把这一层内幕说破。因为他知道佟国维和太子不和，遂笑道："依着我的见识，安徽的事万岁只管撂开手，听听下头消息再说，倒是马齐说的，户部银账不符，库中存银究竟有多少谁也摸不清，这确是一件大事！得马上清理！万岁，盐政不是最要之务，您得心中有数！"康熙身子一倾，问道："据你看来，什么是最要之务？"张廷玉咬着嘴唇，半晌才道："吏治！"

"对！"马齐欣然说道，"何尝不是如此！奴才这会子也想清爽了，怕是四爷在安徽，又让官员捐火耗，又要清理盐课，叫他们捐款治河，如何不得罪这干子不要脸的墨吏？他们借事儿起哄，也是有的！"

佟国维忙叹道："如今的贪风真真是了不得！原先顺治爷年间，一任知府下来，不过三五万的出息，如今十五万还打不住！不贪，这些银子哪里来？纳捐授官，原是平三藩、西征时，为开辟财源，采取的应急措置，可倒好，竟成了惯例——有了钱买官缺，有了权再捞钱买大官，将本求利，滚雪球儿似的……这个吏治，奴才一想起来就痛心疾首，该到整治的时候儿了！"马齐被他说得来了兴致，连声附和道："国维说的是，法由人执，吏治不清，什么也说不上！别的不讲，科场作弊这一条，秀才是六百两，举人一千二，进士出多少我不知道，大约也有定价，居然公买公卖，童叟无欺……这样下去可怎么得了？"

张廷玉却不吭声，在旁以写起居注作掩饰。吏治拆烂污，贪贿成风，他比谁都清楚，但他认为根子正在康熙身上，诸如明珠、高士奇、余国柱、徐乾学，都是明摆着的贪官，即使垮台致休，也不治贪罪，大官不管，下头的吏治怎么整饬？佟国维说整吏治，其实根子还是冲着太子。吏治不好，是太子无能；整顿好了，是他佟国维有先见之明；整不好炭篓子依旧扣到太子和胤禛、胤祥头上……这份居心便叫人胆寒！正想着，却听康熙问道："整顿吏治，朕赞成，只是从何着手呢?"

"四阿哥有个条陈,"马齐说道,"奴才见了已经呈交太子,大约这几日就能递上来——治贪治乱,应立严刑峻法!如像明珠的儿子揆叙,在籍的贪吏徐乾学、余国柱至今逍遥法外,为什么不可以办几个,斩几个?要整就得像个整的样子,贿案一千两以上者,一经查清,该抄的抄,该杀的杀,该剐的剐,使贪官无立锥之地,便有贪心者知国法不可违——四爷说如此做法,数年之内如无起色,请万岁治臣妄言之罪。奴才寻思,倒不妨按四爷的条陈试一试!"

佟国维一听,胤禛要处置的都是八爷胤禩的人,由不得心头起火:人说胤禛残忍成性,薄恩寡义,真是半点不假!他厌恶地看了一眼说得满口白沫的马齐,正要说话,却听康熙道:"四阿哥有治事之才,但似乎不识大体。治乱用重典,这话不错。但眼下既无外患,又无内乱,何妨从容行之!朕以为官吏操守是最要紧的,应下诏奖励廉吏,如于成龙、彭鹏、张玉书、张伯年、陈瑸等人,没死的要优抚,死了的要厚恤,使人知道廉吏不但当为,也可为!刷新吏治是一篇极难做的真文章,平地一声雷地闹腾起来,是要出乱子的!所以得缓缓来,从易处着手,平平安安地把事情办下来。"佟国维接口道："万岁圣虑深远，奴才愚不能及！倘若为清吏治，引起朝野骚乱，烧香引鬼，拒狼入虎，反倒更难善后！那年于成龙在山东试行官绅一体纳粮，弄得读书人罢考，差点激出民变！殷鉴不远，岂可忘怀！治标不如治本，据奴才想来，不妨先从读书人做起。读书人没有廉耻，做了官能够清廉？所以应下诏切责各省督学，直到训导、教谕，逢十宣讲圣训，激发天良，挽回颓风。吏部考功司，纠察一个贪官，办一个，两头夹着，庶几可以慢慢澄清。"

"这是老生常谈。"马齐听佟国维漫天撒网，说得不痛不痒，冷冷顶了一句，"恐怕于事无补！"

"我说宣讲圣谕，马齐也以为错了？"佟国维自恃国舅，原本就没有把这个才进上书房不久的汉人放在眼里。听马齐当面讥讽，佟国维顿时涨红了脸，冷笑道："不宣讲圣谕，不读先哲之书，拿住就抄、就杀！这叫不教而诛！"马齐也红了脸，说道："佟中堂！贪官墨吏有一个纠察一个，办一个，这能叫不教而诛么？皇上的圣训十六条已经颁布几十年了，四书五经也不是去年写出来的，我说老生常谈，是客气。虎狼屯于阶陛，尚谈因果，那是迂腐无能！"

康熙原本还在静静地听，见他们动了意气，"啪"地把手中扇子一扔站了起来，沉着脸道："像什么样子？凭你们这躁性，还做宰相，协理阴阳，主持大政！回去都好生拣几本修心养德的书读读！"见两个人都低头住口，康熙踱了两步，突然转脸笑问张廷玉："你是什么主意？"

"佟马二位说的都有道理。"张廷玉忙跪下说道，"目下吏治确到了非严肃整饬不可的地步，但诚如皇上所说，操之过急亦似不必。据奴才所知，户部账目存银五千万，其实库存没有这许多，都快叫官员借空了——所以四爷就地筹银，也真是不得已。这一条他虽不便明说，但万岁您……您得心中有数！""听你的口气，像是已经查过，实存银两到底有多少？"康熙狐疑地看着张廷玉，又道，"你起来回话！"张廷玉咽了一口气，并没有起身，重重叩头道："奴才是听四爷没出京时说的，原来还不敢信，四爷走后，到底不放心，又去查了查——真是骇人听闻！"

"你啰唆什么！到底是多少？"

"奴才没敢细查，不知确实的细数，大约——不足一千万两……"

"一千万！"

康熙突然觉得头一阵眩晕，两腿一软，跌坐在炕上，倒抽了一口冷气，脸色苍白。官员们借债他是知道的，但将国库借空，闻之能不惊心！良久，康熙方拈须长叹道："好一个太子……理的什么家，都到了这地步，还瞒着朕！"

"四爷的条陈就是冲这个来的。"张廷玉道，"说是借债，其实还是吏风不正，不可掉以轻心！奴才想，吏治千头万绪，从何清理？查处亏空似乎是一条门径。这件事不但比狱讼、纳贿容易办，而且也是当务之急。否则国家一旦有事，库中无银可支，那是不得了的！"

康熙愈听愈觉心惊，脸一仰叫道："李德全呢？"

"喳！奴才在！"副总管太监李德全就站在自鸣钟旁侍候，忙答应着过来，躬身道："万岁有什么旨意？""你去韵松轩，传旨给胤礽、胤禛和胤祥，即刻着手预备清理户部亏空积欠，先计议一下，明儿递牌子过来见朕！"

"喳！"

"传旨：现任户部尚书梁清标年老体弱，着恩准致休！"

"喳！"

"去吧!"

"喳!"

康熙这才回过神来，呷了一口茶，默谋良久，笑道："讲圣谕也好，读四书五经也好，无非为调理好这个天下。太子胤礽过于懦弱，你们几个也不能事事顺着他，像这样的大事，今儿不翻腾出来，朕仍旧被蒙着，这怎么成?"

这话辞色虽然缓和，三个大臣都掂出了分量，佟国维和马齐忙也跪下，叩头道："是，奴才们奉职不谨，请赐处分!"张廷玉道："虽说清理亏空，凭借条收欠款，但年深月久，办起来也很不容易，奴才请旨，愿随太子爷往户部办差!"

"你们几个都不用去，谁酿的酒谁喝。"康熙沉吟道，"让阿哥们历练点实事不无好处。恐怕有些人你们未必惹得起，叫他们去碰碰吧。要是人手不够，像施世纶这样的，调几个帮忙也就是了。"正说着，李德全已经回来，禀道："太子爷出去了，奴才没见着。四爷、十三爷还等在韵松轩，他们明儿过来回主子的话。"康熙听了无话，半晌，说道："跪安吧，朕有点乏了。明儿再递牌子。"

众人纷纷起身辞了出来。到了院中仰脸看天色时，已过巳牌时分，一大块乌云从西边正慢慢压过来。张廷玉叹息一声，心里暗道："就是清理债务，又谈何容易！两个阿哥又要给太子招怨了，唉……"

户部清库银*

　　清理亏空积欠严诏一下，第二日胤祥便带着朱天保、陈嘉猷进驻户部。先宣谕旨，后给原尚书梁清标摆酒送行。因新任户部侍郎施世纶尚在途中，胤祥便宣布，由自己暂行主持部务，并规定官员每日到衙定在卯时正刻，不得迟误。午间一律在衙就餐，夜间值宿人员一概在签押房守候；所有外省来的公事文案、代转奏折、条陈，要随即呈送胤祥本人阅处，不许过夜。胤祥本人也移住原梁清标的书房。凡有军国大事，随到随禀，不但方便，而且迅速。几条章程一下，拖沓惯了的户部各司，气氛立时紧张起来。

　　＊　节选自《康熙大帝·乱起萧墙》第六回"振颓风户部清库银　使心机大臣攀国储"。

忙了八九天，胤祥对户部部务心里已有了个头绪，遂奏明太子，请太子、胤禛和上书房大臣莅部训诲。

胤礽和胤禛欣然来到户部，吩咐门上不必传禀，二人一前一后沿仪门石甬道款步而入。却见户部大堂内外依班按序，或坐或立，黑压压挤满了人。乍见太子和四贝勒款步而入，众人都立起身来，齐刷刷地跪了下去，叩头道："太子爷千岁!"胤祥也忙起身出迎，给二人请安，笑道："我正在给他们安置些事，不防你们就进来了。门上是怎么弄的，也不知会一声儿!"

"罢了，大家起来吧!"胤礽笑容满面，摆了摆手，说道，"十三弟，在你旁边给我和四阿哥设个座儿，你说你的!"胤祥推让了一下，也就不再谦逊。待安置好了，他又接着讲道："在座衮衮诸公都是读书人。我讲的那些道理似乎是有些班门弄斧了。但我老十三想，杀人偿命，欠债还钱，此乃千古通理。有人说我霸道、重利。实话实说，这是逼出来的。既然王道不遵，就得实行霸道；既然道义不行，利害随之亦未尝不可!"

胤祥目光炯炯，说到这里将手一拱："我皇昼夜宵旰，经过数十年草创，大清得有今日昌盛局面，就好似一株参天大树。今有国蠹民贼，以为皇上仁慈可欺，遂肆无忌惮，或为社鼠，或为城狐，齐来挖我树根，蛀我树心。试问，这参天大树倒了，诸公去何处乘凉？覆巢之下无完卵！每念及此，胤祥中夜推枕，绕室彷徨，真是不寒而栗……"

看得出来，为了准备这个讲词，胤祥是动了不少脑筋。虽是不文不白，侃侃而谈，却句句掷地有声，胤禛听得十分感动。

"要先从我们户部清！"胤祥激动地站了起来摆了一下手，朗声说道，"户部衙门素称'水部'，主管天下财粮，应该是一潭清水！但我来这几日，已经查明，除王鸿绪员外郎一人之外，全部借有库银——这潭水已经污浊不堪，铜臭逼人！"他呷了一口茶，吩咐朱天保，"你把欠债名单，所欠银两当场读给他们听！"

身后侍立的陈嘉猷和朱天保是同年进士，二人又同时被荐进毓庆宫侍奉皇太子，最是要好不过，见胤祥吩咐，从案上一叠文书中抽出一件递给朱天保。朱天保和方面阔口的陈嘉猷迥然不同，温文尔雅，弱不胜衣，白皙的面孔上微泛潮红，只嘴角微微上翘，透着几分刚气。他默默接过名册，轻咳一声，便抑扬顿挫朗声宣读："吴佳谟，侍郎，欠银一万四千五十两；苟祖范，员外郎，欠银四千二百两；尤明堂，员外郎，欠银一万八千两；尹水中，主事，欠银八千五百两……合计，户部官员亏欠国库银两七十二万九千四百五十八两三钱……"

开始，大约谁也没想到胤祥会有这一手，都苍白了脸，听得目瞪口呆，但没多久便交头接耳窃窃私议，大厅里一片嗡嗡嘤嘤，却一句也听不清说的什么。

"怎么样？"胤祥觉得燥热，顺手扒开衣扣，挑衅地望着众人，"数目有误的可以当堂提出，银子一定要还！老吴，新任户部侍郎施某还没到，你是最大的官，说说看，你的一万多银子几时还清？"

吴佳谟是户部资格最老的，梁清标撤差，按惯例该由他任尚书，早已窝了一肚子火，见胤祥问他，起身一揖，说道："银子自然是要还的！请十三爷容我盘盘家底，找个破庵子安置了妻儿老小，发散了几百口子家人！"

"吴佳谟，你发的什么牢骚？"坐在太子身旁的胤禛知道，镇不住这个老官僚，户部清理立时就要泡汤，遂冷笑道，"十三爷叫你带头，是成全你的体面！

何至于就倾家荡产了？仅你红果园一处宅院，两万银子卖不卖？"吴佳谟朝上一拱手，说道："四爷，这个样子逼债，学生读书两车半，没见前朝有过。这还叫做'成全体面'，我实不能解！"

胤禛阴冷地盯着吴佳谟，说道："无债一身轻，十三阿哥叫你做轻松之人，不是成全你？上梁不正下梁歪，户部自己不清，怎么去清下头？"

"道理讲过了，四哥不必再和他多说！"胤祥早已想定了主意，也不生气，嘻嘻一笑对吴佳谟道，"你卖房卖地我不管，现在要你还钱，这是开宗明义第一条——你几时还？"

"回十三爷，我没钱！"

"好！"胤祥面不改色，喝道："来人！"

"在！"守候在柱后的几个王府侍卫都是胤禛精选来侍候胤祥的，听了这声招呼，立时闪出四个，上前叉手听命。

胤祥笑着看了看吴佳谟，说道："老吴说他家没钱，不能还。我这人一向刁钻刻薄，有点信不过。由陈嘉猷带着你们四个，出门再叫上顺天府的人，到吴家查看，给老吴留一处宅子，其余的造册呈上交官发卖——不许无礼，不许莽撞——可听见了？"

"喳——听见了！"

五个人答应一声却身退出，大厅里变得一片死寂，人人面如纸白！胤祥用碗盖拨着茶叶，瞟了一眼众人，安详地问道："还有哪位还不起，请说。"众人看了看木然痴坐的吴佳谟，谁还敢再触这二杆子皇阿哥的霉头，一时相对无语，竟像一群哑巴，什么样儿的全有。胤祥潇洒地挥着扇子踱了几步，说道："跟着我办事，贪贿是不用想的了。但我也不至于弄得你们精穷，失了官体。这也不是朝廷的本意——该拿的例银，我一文也不克扣大家的。本来京官就不富裕，外头督抚大臣送冰敬、炭敬，聊补炊灶，保洁养廉，都是该当的。除此之外，仗权谋利，十三爷就容不得他！"

"我欠的四千银子，今年秋天粮食上场就还。"终于，有人开口说话了。

坐在吴佳谟下头的苟祖范搔了搔稀疏的头发，叹息一声道："还就还吧……明天我叫家人把天津的当铺盘了，大约半个月就可还清了。"接着下边七嘴八舌，有的说回去典花园，有的说卖宅子，虽说叫苦连天，挤脓儿似的，毕竟都咬了牙印儿要还债。只有尤明堂低头不语，铁青着脸看砖头缝儿。胤祥因问道：

"老尤，你呢？"

"要咬牙过日子，谁还不起？当初不借，也都穷不死！"尤明堂恶狠狠地说道，"只要事情办得公道，我没什么说的。"胤祥格格一笑，说道："这倒奇了！我凭借据索国债，有什么不公道？既然当初不借也可，你何不学王鸿绪？"

众人都把目光投向坐在尤明堂下首，一直沉吟不语的王鸿绪身上。尤明堂鄙夷地一哂，说道："我拿什么和鹤鸣兄比？王鹤鸣一次学差，门生贡的芹献就是几万？我真奇怪，贪污受贿的没事，坐在一旁隔岸观火，专拿我们这些借钱的开刀！"

"是嘛！"远处也有人大声道，"我要出学差，我也不借银子！"

王鸿绪身子一仰，冷笑一声道："我收赃纳贿，谁有证据，拿出来！空口无凭，血口喷人，以为我王鸿绪好欺侮么？要不要我把咱们户部贪贿的一个一个都点出来？我倒要做好人，只大家不叫，有什么法子？"此人相貌堂堂，五官端正，只是那副鹰钩鼻子有点破相。对众人的攻讦毫不在意，一开口便连酸带辣一齐端，抑扬顿挫口风逼人，镇得大家哑口无声。

　　"哦嗬？"胤祥万不料表彰王鸿绪弄出这个结果，身子一颤刚要发作，见胤礽和胤禛目光如电地扫过来，陡地一惊，如果改换题目，再清贪贿，今日这个会议就彻底砸了，口气一转说道："大家记住一条，多行不义必自毙！谁受贿，容我慢慢料理，自然逃不掉一个。小心着点，天网恢恢疏而不漏。贪贿之人，总有一日噬脐难悔——我奉旨来部，是清理天下官员亏欠库银，这件事办下来，再说别的！我也只说王某未欠公银，并没说谁贪贿无罪！"

　　"十三爷此言差矣！"王鸿绪是点过翰林的人，说话间总带点文气，却毫不客气，举手一揖说道，"尤明堂当场挑起事端，诬我为匪类，陷我于绝地，岂能置之不理？即使天子驾前，我也要说个明白。学差一案，昔年郭琇为倒明珠，大肆株连、混淆是非、颠倒黑白，必欲置我于死地而后快。案子已经查清。我王鸿绪在江南闱中并未受一人贿赂！至于入闱门生拜谒房师，献芹，那是修师生之礼，孔子著述，不以为讳，总计不过一百余两，何谓之贪污受贿？我在户部三年，掌漕运税银，涓滴不沾，清贫守道，洁身自好，来往账目十三爷已经看过。请问，难道他尤明堂可以这样作践人吗？——我也曾借过库银，朝廷下旨当日亦已清还，只怕他们是糊涂，再不然就别有祸心，才有这番混账言语！"

尤明堂听了，把木杌子拉得离王鸿绪远了一点，咬着牙笑道："离你这篾片相公远点；只怕还少闻一点臭气！要是我也有个皇阿哥撑腰，只怕比你还硬气！你那点子道学气，还是到东厕里去放——别以为你是翰林出身，我还点过探花呢！要不是犯了明珠的讳，我得用哪只眼瞧你这二甲第四名呢？"他说的这档子事已有二十多年了，当日确乎有人是定了一甲第三名，主考官因他"明"字犯了明珠的讳，一下子黜落在三十名。这事众人都听说过，却不晓得就是这位倔强的尤明堂！胤祥原本恼恨尤明堂无端搅局，正自心里盘算，要不要抄了这个糟老头子的家，听到这个口风儿，倒犯了嘀咕。皇阿哥代人垫钱还亏空，定是胤禩无疑。他只诧异，胤禩从哪里弄这么多钱，难道他有聚宝盆不成？想着，胤祥冷笑一声道："尤明堂，我也是个皇阿哥，并没有听说哪个爷代人垫钱的！各人账各人清，攀扯旁人做什么？皇阿哥每年的俸禄我心中有数，只有短的，哪有富余？你倒说说，是哪个阿哥代王鸿绪填还了债务？"尤明堂向王鸿绪龇牙儿一笑，说道："鹤鸣老兄，这事是天知地知你知我知，是你自己说，还是我来代劳？"

"我不说，我不知道，我没有请人代垫！"王鸿绪被尤明堂咬扯得没法，终于光火了。按朝廷律令，皇阿哥不得交结外官，外官有奉迎阿哥的要夺职拿问。王鸿绪一向以道学宿儒藐视同僚，惹得尤明堂在这种场合兜出来，真像当众剥了裤子。遂涨红了脸，"呸"地一啐，恶狠狠说道："太子爷、四爷和十三爷都在这儿，我王鸿绪有没有走你们的门子？下余阿哥们自己还借钱，从哪里来钱替我垫付？你尤明堂倒是说呀！"

尤明堂格格一笑，双膝一盘打火点着烟浓浓吐了一口，说道："少安毋躁！皇阿哥里头也有没借钱的！看来这世道，借了钱说话就不硬气。这么着，我这会子就还，如何？"说着，从靴页子里抽出一张银票，抖开了呈给胤祥，说道："十三爷，这是一万八千两的票子。我借的钱一文没花，都在这里！"胤禛原先见他有点胡搅蛮缠，一直用冷冰冰的目光盯视着他，想寻隙发作，至此倒也被弄得一愣，正想发话，太子胤礽问道："我有点不明白，既然使不着钱，你何必当初要借？"尤明堂笑道："回太子爷的话，借了白借，不借白不借，白借谁不借？如今既要清，我得奏明一句儿，十爷自己还借着二十万库银，还要代人还钱，这清理亏欠，到底是真清还是假清？明堂愚鲁，求太子爷开导我这个倒霉的探花！"

众官听了一阵骚动不安，有人便"叹"道："唉！谁叫咱后头没个阿哥呢？"还有的说："这边逼我们还钱，那边阿哥借钱代人还钱，这亏欠清到几时才能账银相符？"这个说："我也还钱！明儿找三爷拜拜门子！"那个说："三爷要你这账花子做什么？还是找九爷！"一时间七嘴八舌，什么风凉话全有。

"不要讲了！"胤祥听得心烦意乱，手指敲着桌子大声喝道，"我十三爷一不做二不休！皇阿哥欠债和户部官员一体清理！"

王鸿绪本来是无债一身轻的人，蛮想着钦差一本保上，稳稳当当一个侍郎到手，没料到被个刺头儿尤明堂连垫钱的十阿哥也咬得头破血流，一肚皮的不自在，扬起苍白的脸起身一揖，问胤礽道："臣要谏太子一本，不知是这里说好呢？还是下来背后说的好？"

"你说吧！"胤礽一听是十阿哥胤礻我代付欠金，心中陡起警觉，一笑说道："我并没有要背着人讲的事。""那好！"王鸿绪又是一躬，赔笑道："太子爷您借的四十二万银子何时归还？"

乱哄哄说七道八的人都住了声儿。犹如湍急的河水突然被一道闸门堵了，上游的水无声地愈涨愈高，憋得人人透不过气来。胤礽在众目睽睽下不安地动了一下，喃喃道："我借过库银？是几时借的……陈嘉猷，有这事儿么？"

"这事不是陈大人的事。"王鸿绪一脸奸笑，步步逼上来，说道，"是何柱儿带着毓庆宫的手谕来借的，太子爷好生想想，有没有买过庄园、宅邸、花园儿什么的？"

一语提醒了胤礽，买通州周园可不是花了四十二万银子买的！但到手经营三年，又填进去五六万银子，已修得行宫一样了，如何割舍得？胤礽万没想到绕来绕去，头一炮竟打在自己头上，不禁大怒。但他素有涵养，红着脸，竟自站起身来，说道："好……好嘛！我……我起头儿，先还这四十二万！老四，老十三，你们接着议。我还得进园子给阿玛请安呢！"说罢一径拂袖而去。

看着皇太子离去，官员们面面相觑，愕然不知所措，那王鸿绪却没事人似的款款坐下，"噗"地吹去了邻座尤明堂弹过来的烟灰。胤祥看了看不动声色的胤禛，闪着眼波道："四哥，今儿就议到这里吧？大家回去打点打点。皇上的圣谕说得明白，库银一日不清，本钦差断无罢手之理！无论太子、阿哥，还是诸位，都应体念天心！"

"四哥！"人们出去了，空荡荡的大厅里只留下这一对患难兄弟，胤祥略带孩子气的脸庞显得忧心忡忡："你都瞧见了，这干子大爷们是好对付的？这下连太子也咬了进来，我真……"

胤禛点点头，起身抚了一把汗湿重衣的胤祥，缓缓说道："先不想这些事，你浑身滚热的，别要中暑，把这杯茶吃了，我们出去走走……"

兄弟二人各吃了一杯凉茶，移步出了户部仪门，看天色时，已近申时。因天热，街上很少行人，一街两行合抱粗的槐树，浓绿欲滴，知了长鸣，给人一种幽静深远的感觉。两个人在街头瓜摊上吃了两块瓜，散步来至西河沿，但见阳光下波光粼粼，水气沁凉，一阵风扑过来，二人都是精神一爽。

"太子那里我去说。"胤禛沉思着，半晌又道："办成一件事本来就难，你不可灰心。昔日永乐皇帝起兵，进攻南京船行无风，有畏难之心。周颠子说，'只管走只管有风，若不走，一世也没有风！'这是哲言啊！永乐若不是听从了这话，明史只怕从头到尾都得改写！"胤祥抬起头，默默注视着胤禛，半晌才道："你掌舵，我打桨！这是替太子挣体面的事，我寻思他只要静心一想，四十二万就拿出来了！"胤禛没有说话，只意味深长地一点头。

白色金公千年叶
尝从是不语
也嬾嵋洛水
漾三千
栽青东风
年三
一
柳妆 戊子春夏

曾聞文從
是不語也無
媚浴水
渴：千載去
春風年：
一棹吹
丁亥仲夏
有月墨寫

雍 正 惩 贪 *

张廷玉压着嗓音，尽量用镇定平缓的语调娓娓奏陈了田文镜清查山西亏空的详情。他知道，雍正皇帝平日的庄重冷峻都是自己耐着性子作出的样子。其实心里大喜大怒，大爱大恨时有表露，那才是他的真性。这件事既关乎他的脸面，又关乎朝局稳定。并不像孙嘉淦大闹户部那样简单，万一措置失中，引起其余各省督抚震骇，夹着北京阿哥们之间的钩心斗角，不定闹出多大的乱子。自己身处宰辅，该怎么收拾？因此，将图里琛的奏议讲完，张廷玉一边双手捧呈雍正，又加了一句："万岁，西边兴军才是急务。山

---

* 节选自《雍正皇帝·雕弓天狼》第十一回"雷霆作色雍正惩贪 细雨和风勉慰外臣"。

西的事虽大，奴才以为可以从容处置，求万岁圣鉴烛照！"

"唔。"雍正神情惝恍，似乎听了又似乎没有留心，细白的牙关紧咬着，凝望着前方，略带迟疑地接过那份奏章，不知怎的，他的手有些发抖："奏完了？诺……诺敏有没有辩奏折子？"张廷玉回头看了看隆科多和马齐，见二人都摇头，便道："奴才们没见诺敏的折子，大约一二日之内也就递进来了。只是田文镜手里拿着省城商户四百七十张银两借据，加着山西藩司衙门的印信。算得上铁证如山。诺敏奏辩，也只能在失察下属舞弊上做文章，这一条奴才是料得定的。"雍正听了，咽了口唾沫，转脸问允禩："老八，你有什么主见？"

允禩此刻千称心万如愿：刚刚表彰过诺敏"天下第一抚臣"，你就自打耳光！何况诺敏是年羹尧举荐的，其中有什么瓜葛很难说清，说不定像当年户部清库查账，查来查去最后查到皇帝头上也未可知……允禩巴不得雍正大为光火，但他毕竟城府深沉，因不显山不显水地赔笑道："臣弟以为张衡臣说的极是，这确是天下第一案。无论诺敏如何辩奏，难逃'辜恩溺职'四个字。更可虑的，年羹尧进剿青海叛贼，粮饷是头等大事。山西巨案若轻轻放过，恐怕懈了各省清查亏空的差事，将来粮饷更是难以为继。所以，大事和急事看似无关，其实是一回事。"隆科多因助雍正皇帝登极，早已与"八爷党"生分了，但他更不愿年羹尧在西边立功，将来有资格与自己争宠。听允祥这话，满篇都是严办诺敏的意思，却连一个字都不曾提及，真是好心计好口才，隆科多不由佩服地看了允祥一眼，恰允祥的目光也扫过来，四目一对旋即闪开。

"奴才以为应以急事为先。"马齐却不留心别人的心思，沉吟着说道，"还是廷玉说的是正理。这事穷追，山西断然没有一个好官，诺敏百计刁难田文镜，也绝非'失职'二字能掩其罪的。几百万两银子，说声失察就能了事？然奴才仍以为，眼前不能大办这个案子，引起东南各省官场震动，人心自危，谁还有心思操办支应大军的事？"

雍正听了几个臣子议论，心神似乎稍定了些，回身取茶呷了一口，又坐回位上，方笑道："你们几个都没说，朕心里明白，这里头还碍着朕的脸面。刚刚儿下旨夸奖他诺敏是'第一抚臣'嘛，闹了个倒数第一！"他突地收了笑脸，眼睛中放出铁灰色的暗光，"照你们的意见，要么办诺敏一个'失察'的轻罪，严办下边官员蒙蔽上宪，邀功悻进，贪墨不法的罪；要么朝廷装糊涂，等西边战事完了再办。是不是这样？"

"是！"四个人见雍正神色庄重，口气严厉，不敢再站着回话，因一齐跪下叩头道，"请万岁圣训！"

"二者皆不可取！"雍正冷笑着，盯着大玻璃窗阴狠地说道，"谁扫了朕的体面，朕就不能容他！诺敏这人，朕万万不料竟敢如此妄为，这不是'溺职'，这是欺君！杀人可恕，情理难容！当初年羹尧荐他，原是见他在江西粮道上办差尚属努力。圣祖爷曾对朕说，此人徒有其表，不可重用。朕一力推荐，他做到封疆大吏，他做这事，上负圣祖，中负朕身，下负年羹尧，欺祖欺君欺友——"说着，他呛了一口气，猛烈地咳嗽两声，突然"砰"地一击案，已是涨红了脸。勃然作色道："这样的混账东西，难道可以轻纵？轻纵了他，别的督抚对朕照此办理，朕如何处置？"

四个大臣还是头一次见雍正发作，没想到他暴怒起来面目如此狰狞，都不自禁打个寒战，——撩袍摆齐跪在地连连叩头。允祥原料雍正必定存自己体面，给年羹尧一个顺水人情，轻办诺敏，重查山西其余官吏，想不到雍正如此不顾情面。但这一来，恰恰和自己方才的意见吻合了，传扬出去，反而是皇帝采纳了自己的意见，这要得罪多少人？……他干咽了一下，竟不知该怎么说才好了。正寻思如何回话，隆科多一顿首道："主上说的极是！若不是从巡抚到藩司臬司及通省官员上下其手，串联欺君，田文镜怎么会一查再查毫无成效？万岁高居九重，洞悉万里秋毫，隐微毕见，奴才佩服钦敬五体投地！既如此，奴才以为当下诏将山西县令以上正缺吏员一体锁拿进京，交刑部勘问！"张廷玉紧蹙着眉头沉思道："这恐怕过了些。有些官员只是胁从。再说，晋北去秋大旱，赈济灾民的事还要靠他们办。拿人太多，也容易引起其余各省官员惶恐，牵动大局就不好了。"允裪却是唯愿乱子越大越好，因在旁冷冷说道："这正是整顿吏治的时机，与皇上'雍正改元，吏治刷新'的宗旨恰好相符。用贪官赈济灾民能有好结果？"他叩了一个头，直起身子正容对雍正说道："万岁不必愁有缺无官补——昔日天后杀贪官如割草，天下无缺官之郡，臣弟以为隆科多奏的是。在京现有候选官、捐班杂佐一千余人，尽可补山西官缺。皇上恩科在即，新登科的二三甲进士恰好赶上赴任出差。臣弟以为非如此大振天威，不足以肃清山西吏治。"当下三人意见不一，你一言我一语各说各的道理，虽然没有动意气，却谁也不肯相让。

"马齐，"雍正听着，忽然转脸问道，"你为什么不说话？"马齐忙叩头答道："奴才实不敢欺蒙主上，奴才听他们说的都有理，一时难以分辨，也不敢附。"听他如此回答，允裸不禁喷地一笑，说道："马齐坐班房有心得，你是油滑还是干练了？"

马齐看了允裸一眼，说道："皇上问话，臣子应该心里怎样想，怎样回答。这与'油滑'、'干练'是两回子事。"说罢又叩一头，奏道："十三爷没来，他也是上书房行走的王爷，皇上何不听听十三爷怎么说？"

"这事朕已有了决断。"雍正微微笑道，"山西通省官员大抵是好的，罪在诺敏一身。他作巡抚，在山西就是土皇上，想着山高皇帝远，做出这种无法无天的欺君之事。山西官员的过错，是因诺敏为先帝一手简拔，又深受朕恩，存定了一个'大树底下好乘凉'的心思，没有人敢出头跟他打钦命官司，论起来只能说'不争气'三个字。朕也恨他们不争气，但你们平心想想，如今天下官，除了李卫、李绂、徐文元、陆陇其少数几个，到底有多少'争气'的？所以恨归恨，不能严办。官越大越办，州县就不必难为他们了。"

这番议论纯从诸臣辩论空隙中另辟蹊径，说得有理有据，众人不禁听得怔了。张廷玉觉得雍正皇帝有些过于姑息，张了张口正要说话，雍正却先开口道："衡臣。"

"臣在!"

"你起来拟旨。"

"喳!"

雍正用碗盖小心地拨弄着茶叶，用不容置疑的口吻道："六百里加紧发山西宣旨钦差图里琛：诺敏身受先帝及朕躬不次深恩，本应濯心涤肝，精白其志以图报效朝廷。乃行为卑污，辜恩奉迎，既溺职于前，复欺君于后，嫁祸于百姓，坑陷于直臣。事发至今，且无引罪认咎之意，以颟顸顽钝，无耻之尤，实出朕之意料! 且朕方表彰，直欲置朕于无地自容之地。此等罪，朕不知如何发落才好! 就是朕想宽容，即便国法容得你这畜生，奈何还有人情天理——上天怎么给你披了一张人皮?!"他说着说着愈来愈激动，端着杯子的手捏得紧紧的，微微发抖，脸色也变得异常苍白。张廷玉奏吏行文草诏文不加点，这道诏谕却难为了他——前文言后白话，怎么润色? 他濡了濡墨，见雍正虽端坐着，却气得五官错位，因不敢说话，只实录了雍正的话，心想这样也好，叫下头见识见识新皇上的风骨！正想着，雍正提高了嗓门："即着图里琛就地摘其印信，剥其黄马褂，革去顶戴职衔，锁拿进京交大理寺勘问！朕知外省混账风俗，凡官员革职，因怕他将来复职，有醴酒送行，仪程相赠的，以求异日地步。可告知这班混账行子，有东西你们只管填还诺敏，诺敏断无起复之日，能否保九族也在可知不可知之间——谁敢作此丑态，朕必追究，山西亏空即由你这'富官'追此缴还！"他一口气说完，啜了一口茶盯着张廷玉。张廷玉一听，仍旧是文白混杂，仍旧只好咬着牙硬录下来。允裪听着想笑，嘴角一动又收了回去。

"万岁！"马齐在旁说道，"诺敏虽犯罪，到底是朝廷大吏，可否使其稍存体面，免得其余督抚寒心？""士可杀而不可辱，是么？"雍正转头一哂，"马齐你不懂，像诺敏这样的，能称之为'士'么？他只能算条狗！他的案子人证物证都调到北京，谳实了，朕还要重重地辱他——因为是他先辱了朕！主忧臣辱，主辱臣死，这是纲常所在，天之所终地之所义。诺敏岂但犯法，且犯情犯理，犯法犹可恕，犯情犯理，他就难逃朕之诛戮！"

　　杀人不过头落地，雍正却要连人格一齐作践，作践而后杀。众人早就知道雍正生性刻薄，今日才算真正见识到了，都无可奈何地咽了一口唾液，谁也不愿驳回自讨没脸。

　　"这事别人可恕，山西布政使罗经难辞其咎。"雍正徐徐说道，"着罗经革去职衔，与诺敏同戴黄枷进京勘问，如何处分待部议后再定。其余按察使以下，降两级原任出差，各罚俸两年。各道司衙门主官降一级，罚俸一年；各府知府由吏部训诫记过，县令以下不问。"张廷玉写完，问道："这样办，山西巡抚和藩司衙门都出缺了，请旨，由哪里派官接印？"雍正一笑道："这还用问？自然是田文镜接印，暂时置理山西巡抚衙门，待案子清白后另行叙议。"

邬思道说养廉*

邬思道这才略觉安心，吁了一口气，笑道："不但官身不自由，你瞧瞧皇上这批语，我这民身自由么？这个密折制度，说起来还是我的建议，如今倒缚住了我。昔日商鞅变法，普天下实行连坐保甲，待他自己落难逃命，竟被当贼拿了，将古比今，也算我作法自毙。"李卫道："我倒觉得这法子不赖。有些个封疆大吏挟嫌报复，下头微末官员一言不合，就把人往死里整。山东巡抚去年革了即墨县令的职，没有半个月，明发诏谕下来，说即墨县令是清官，着即晋升济宁知府，倒把巡抚骂了个狗血淋头，连他私地说的体

---

* 节选自《雍正皇帝·雕弓天狼》第三十三回"游戏公务 占阄分账　忠诚皇旨粗说养廉"。

己话都颁布公众——整顿吏治，这确是良策——不说别的事了，咱们'公事公办'，皇上征询你的意见，就这个事儿，你看该怎么办？"邬思道俯首思量了一下，说道："你先说说你是怎么想的？"

"我不学田文镜。"李卫吮吮嘴唇，说道，"他是硬压硬挤，下头官儿们怕他，所以不敢胡来。田文镜总要死，那个巡抚也不是他的世职，他或死或走，下头照样贪污，照样刮地皮。就江南这地块看，办法多的是。官缺不是有肥有瘦么？肥的我不管，瘦的我补，总要他过得，要再贪污，我就重办，这是我的宗旨。钱从哪里来？一个盐课征税，我从盐狗子身上剥削。维扬、苏杭天堂之地，都属我管。我放开了叫他们办酒肆茶楼，行院妓馆，招引有钱主儿来游。一则这些地方能聚财，二则这些地方常是大盗积贼销赃的地方儿，我高高地征税，稳稳地当个大地头蛇，从嫖客身上弄花柳钱养活没有钱的官，补贴瘦缺的官。还有海关厘金，我也能动用一点。只要我自己不搂钱，皇上不会怪罪我的。"因将自己上任，调剂江南浙江等地肥瘦缺分的资金来源、用项，官员们的反应一一备细，足说了多半个时辰，末了又道："反正我也不去嫖窑子，翠儿也不吃这坛子醋，从这起子阔佬身上

161

刮银子，天公地道!"说罢便笑。

邬思道静静听着，一句话也没插，待李卫说完，跟着笑了笑，正容说道："你这些都是'办法'，不能叫'制度'。制度，要能放之四海而皆准。你的这些路子，别的省能学么?"李卫搔头道:

"不行。"

"田文镜在河南实行官绅一体纳粮，你为什么不试一试?"

"他那个办——制度我在四川当县令就办过。还是学我的——如今他在一省推行，声望自然就大些儿。如今皇上叫我出招儿，我去学他，那李卫还叫李卫?"

邬思道嘉许地看了看这位心高性傲的青年总督，架起拐杖在屋里笃笃踱着，皱眉沉思，足有一刻，倏然回身道:"我给你出两条，你寻思一下，不过有句话先放这里，你不答应，我一条也不说!"李卫连想都没想，说道:"我答应!""好，君子一言!"邬思道眼中熠熠发光，"一条叫'摊丁入亩'，你不能告诉皇上是我的建议;一条叫'火耗入公'，你就说是咱们商计的。"

"成，你说!"

"摊丁入亩是均赋法。"邬思道微笑道,"圣祖爷永不加赋的祖训实行多年了,有的人多没有地,有的地主人少地多——把人头税一概取消,摊进土地中去。这样,穷人就少纳税或不纳税,出得起税的就得多纳。国家岁入就有了稳固的数目儿——比如你过去讨饭,也缴人头税,这公道么?——要命一条,要钱没有,税丁也拿你没办法!"

李卫听得目中灼然生光,说道:"我理会得,我当得替叫花子上这折子——火耗归公怎么个弄法?"

"火耗归公为养廉法,是吏治。"邬思道仰首望着天棚,侃侃说道,"所谓'三年清知府,十万雪花银',银子哪里来?就是从火耗中扣出来的!现在这个法子,所有州县府道,一律不得私留火耗,全部缴上来由知府巡抚掌握。把省里缺分分等级,冲繁疲难的府县,你多分给他些儿,简明易治的缺分,你就少给他一点,就是候补待缺的官员,也可少得一点分润——对了,就叫'养廉银'——拿了养廉银仍旧不廉,这样的官你宰几个,罢几个,何愁吏治不清?我算计着,这两条办法实行,再加上官绅一体纳赋,仅你江南浙江两省,每年可多为国库增入三百万银上下,而且不损国体,不伤贫民,整治的只是贪官墨吏、豪绅强梁！李卫，你觉得如何呀？"李卫高兴得一拍桌子，笑道："妙极！这么着，我也不至于穷得连客也请不起了——就是这么办，回头找几个师爷，按这宗旨细细斟酌出来，奏明皇上！"

自是人意意之芳十
非等華又似是
媚浴水滴:
不語也嫣
千載去
東風年:一
標馨
丁亥書意之
姚平先生嘱之

贪官杀道台*

眼下已立过了秋，可天气丝毫没有见凉的意思。接连几场大雨都是旋下旋停。晴时，依旧焰腾腾一轮白日，晒得地皮起卷儿。大驿道上的浮土像热锅里刚炒出的面，一脚踏上去便起白烟儿，焦热滚烫，灼得人心里发紧。德州府衙坐落在城北运河岸边，离衙一箭之地便是码头，本是极热闹的去处，但此刻午后未末时分，栉比鳞次的店肆房舍虽然都开着，街上却极少行人。靠码头东边申家老店里，店老板和三四个伙计袒胸露腹地坐在门面里吃茶打扇摆龙门阵。

……

---

* 节选自《乾隆皇帝·风华初露》第一回"申家店伙计戏老板　雷雨夜府台杀道台"。

……申老板说着吩咐小路子，"把后院井里冰的西瓜取一个，今儿这天热得邪门，这时候也没有客人来投宿，正好吃西瓜解暑。"小路子喜得一跳老高，一溜烟儿去了。

几个人破瓜大嚼，舔嘴咂舌，满口满肚皮淌瓜水、贴瓜子儿。正自得意，后院侧门吱呀一响，出来一个三十多岁的中年汉子，四方脸小眼睛，面皮倒也白净。一条大辫子又粗又长，梳得一丝不乱，随便搭在肩上。大热天儿还穿着件靛青葛纱袍，腰间系一条玄色带子，显得精干利落，毫不拖泥带水。只左颊上一颗铜钱大的黑痣上长着猪鬃似的一绺长毛，让人怎么瞧怎么不舒服。申老板见他出来，呵呵笑着起身，打着瓜嗝，让道："是瑞二爷！狗伸舌头的时辰，屋里多凉快呐！您穿这么齐整要出门？来来来……吃瓜吃瓜……井水冰了的，森凉，又沙又甜，吃一块再去！"

"不用了。"瑞二爷阴沉沉一笑，说道，"我们贺老爷顷刻要去府台衙门拜客，这左近有没有杠房？我去觅一乘凉轿。"正说着，侧门那边一个人一探身叫道："瑞二！贺老爷墨使完了，你顺便买两锭回来。"瑞二回身大声道："省得了！曹瑞家的，告诉老爷，这店里有冰凉的瓜，老爷要用，叫他们送进去一个！"

申老板和几个店伙计不禁面面相觑：府台衙门一抬脚就到，还用得着觅轿？这个姓贺的客人带着瑞二、曹瑞两个长随，在店里已经住了一个多月，从来都是独出独归。说是"做生意"却不和生意人往来应酬。住的是偏东小院，一天二钱银子的房租，每天吃青菜豆腐，都由瑞二执炊做饭，说句寒碜话，还比不上进京应试的一班穷孝廉，怎么突然间就变成了"老爷"，要堂皇打轿去府台衙门"拜客"！瑞二见众人瞠目望着自己，含蓄地微笑一下，说道："实不相瞒，我们爷是济南粮储道，奉了岳抚台宪命来德州查亏空的。如今差使已经办完，这几日就要回省。你们侍候得好，自然有赏的。"

"哎哟！"申老板惊得从躺椅上跳起身来，略一怔，两眼已笑得弥勒佛似的眯成一条缝，"简慢了您呐！没承想我这小店里住了这么大个贵人，怪不得前日夜里梦见我爹骂我瞎眼，我这眼竟长到屁股上了——轿子有，出门隔两三家就是杠房。这么热的天儿，您二爷也不必走动——郝二的，愣什么，还不赶紧去给贺老爷觅轿？"说着亲手拂了座椅请瑞二坐，一边穿褂子，一边吆喝着小路子："还不赶紧再去取两个瓜，这里再切一个，给贺大人送进去一个!"

众人忙乱着，有的觅轿，有的取瓜，还有两个小伙计拾掇方才吃过的瓜皮，赶苍蝇抹桌子扫地，申老板没话找话地和瑞二攀谈套近乎。不到一袋烟工夫，一乘四人抬竹轿已在店门口落下。瑞二满意地点点头，正要进去回禀贺道台，东侧门一响，曹瑞在前，后头果然见贺道台一身官服，八蟒五爪的袍子外套雪雁补服，蓝色涅玻璃顶子在阳光下烁烁生光，摇着四方步徐徐出来。众人眼里都是一亮，早都长跪在地，申老板口中喃喃说道:"道台大老爷恕罪，在我这小店住了这么多日子，没有好生侍候您老人家，连个安也没过去请。您老大人肚量大……"

"没什么，都起来吧。"贺道台温和地说道，"我没说，你不知道，有什么可'罪'的? 就是怕人扰，我才不肯说，相安无事各得其乐不好? 曹瑞记着，明儿赏他们二十两银子。"他说话声音不高，显得十分稳重安详，只是中气有点不足，还微微带着痰喘，清瘦的瓜子脸上带着倦容。他一边说，一边漫不经心地出店坐了轿，轻咳一声道:"升轿，去府衙。瑞二去先禀一声刘康，说我来拜会他。"

"人家这就叫贵气!"申老板望着逶迤去远的轿子，

悠悠地打着芭蕉扇说道:"你瞧这份度量! 你听听人家这些话! 你忖度忖度人家这气派! 当初进店我就看他不像个生意人, 而今果不其然!"小路子在旁撇撇嘴笑道:"申六叔, 你不是说人家像是三家村里的老秀才, 不安生教书, 出来撞官府打抽丰的么?"申老板被他挑了短处, 照屁股打了小路子一扇子, "别放你娘的狗屁了, 我几时说过这混账话? 别都围这里咬牙磨屁股了。郝二带这几个小猴儿去东院, 屋里屋外给贺爷打扫一遍; 小路子出去采买点鱼肉菜蔬, 再到张家老铺定做两只扒鸡——要看着他们现宰现做。贺老爷回来, 咱们作个东道, 也风光风光体面体面! 不是我说, 前街隆兴店前年住过一个同知老爷, 就兴得他们眼窝子朝天。如今咱们这现住着个道台爷!"说着, 腆着肚子得意地挥着扇子回自己账房去了。

但申老板他们白张罗了半天。贺道台直到深夜, 天交子时才回店来。同行的还有知府刘康, 带着一大群师爷衙役, 竟是步行过来。到了店门口, 所有衙役都留下等候, 只有刘康亲自送他进东院。申老板预备的两坛子三河老醪, 一桌丰盛的席面, 都便宜了等候刘康的那班公差。

小路子中午吃了一肚子西瓜, 晚饭后又汲了两桶井水冲凉，当时觉得挺痛快，待吃过晚饭，便觉肚子里龙虎斗，五荤六素乱搅，吃了两块生姜，仍然不顶事，只好一趟又一趟往东厕跑。待到贺道台回来，他咬着牙挣扎着往东院里送了两桶热水，眼见太尊陪着道台在上房屋里说话，院门口又有府台衙门李瑞祥守着，一来是不敢，二来也确实不好意思再进东厕，只好在自己下处躺了。强忍了半个时辰，脸都憋青了，还不见刘康离去，急切中只好起来，捂着肚子踉踉跄跄地一直奔到后院，在水井旁萝卜畦中来了个长蹲。小路子觉得肚里松快了些，提起裤子仰头看天，天墨黑墨黑的，原来不知从什么时辰起已经阴了天。

一阵凉风袭来，小路子打了个寒噤，便听到车轮子碾过桥洞似的滚雷声。他挪动着又困又麻的两腿正要出萝卜地，突然从东院北屋传来"啪"的一声，好像打碎了什么东西，接着便听到贺道台的声气："你这样死纠活缠，我越发瞧你不起！既然你不愿辞退，今晚我高卧榻上，只好请你闷坐苦等，等我睡醒，再接着和你打擂台！"

"这么大人物儿还拌嘴么？"小路子好奇心陡起，想想反正现在正跑肚子，不如索性守在萝卜园里倒便当。他借着一隐一闪的电光，蹑手蹑脚地蹚过萝卜畦埂，在凉风中簌簌发抖的他潜到北窗下，坐在老桑树下的石条上。呆了好一阵没听见屋里有动静，忍不住起身，用舌尖舔破窗纸往里瞧。

屋里光线很暗，只炕桌上有一盏瓦制豆油灯，捻儿挑得不高，莹莹如豆的灯焰儿幽幽发着青绿的光，显得有点瘆人。小路子眯着眼盯视许久才看清，贺道台仰卧在炕上，脸朝窗户似乎在闭目养神，曹瑞和瑞二背靠窗台，垂手站着，看不清神色。刘康没戴大帽子，一手抚着脑门子一手轻摇湘妃竹扇在炕沿下徐徐踱步。靠门口站的却是衙门里刘康的贴身长随李瑞祥，也是沉着脸一声不吭。

"我并不要与贺观察您大人打擂台。"良久，刘康像是拿定了主意，扬起脸冷冷盯着贺道台，嘴角带着一丝冷酷的微笑，徐徐说道："你走你的济南道，我坐我的德州府，本来井水不犯河水，是你大人不远千里到这里来寻我的晦气。我就不明白：亏空，哪个府都有；赃银，更是无官不吃。你何苦偏偏咬住我刘某人不松口？你到底心里打的什么主意，想怎么办?!"

贺道台眼也不睁，大约太热，扇了两下扇子才道："你说的没有一句对的。我是粮储道，通省银钱都从我手里过，要弄钱寻不到你刘康头上。德州府库里原来并不亏空，你到任不足三年，短少了十三万一千两。你说是火耗了，我看是人耗，所以我要参你——至于天下无官不贪，这话你冲雍正爷说去。我只是朝廷一只小猫，捉一只耗子算一只。拿了朝廷的养廉银，吃饱了肚皮不捉耗子，能行？"

"三年清知府十万雪花银。"刘康狞笑道，"我算清官呢！干脆点说吧，你要多少？"

"我不要。"

"三万。"

"……"

"五万。"

"……"

"六万！不能再多了！"

躺在炕上的贺道台"嘻"地一哂："我一年六千两养廉银，够使的了。那六万银子你带进棺材里去！"这句话像一道闸门，死死卡住了话题，屋子里顿时又是一阵沉寂。小路子此时看得连肚子疼也忘记了。忽然一道明闪划空而过，凉雨飒飒地飘落下来。小路子心中不禁暗笑：想不到今晚跑茅房还这么开眼界，又觉得有点内慌，正要离开，却见对面李瑞祥挤眉弄眼朝窗户使眼色，他还以为看见自己偷听壁根，顿时吃了一惊。正诧异间，却见背靠窗台的瑞二从背后给曹瑞手里塞了个小纸包。那曹瑞不动声色，取过炕桌上的茶杯泼了残茶，小心地展开纸包，哆嗦着手指头将包里的什么东西抖进茶杯，就桌上锡壶倾满了水，又晃晃，轻声道："贺老爷，请用茶。"

"毒药！"小路子惊恐得双眼都直了，大张着口通身冷汗淋漓，竟像石头人一样僵立在窗外，连话也说不出来！那贺道台懒洋洋起身，端起茶杯。

"我端茶送客，杯子摔碎了，你也不肯走，此刻，我只好端茶解渴了。"贺道台语气冷冰冰的，举杯一饮而尽，目中炯然生光，冲着刘康说道："我自束发受教，读的是圣贤书，遵的是孔孟道。十三为童生，十五进学，二十岁举孝廉，二十一岁在先帝爷手里中进士。在雍正爷手里做了十三年官，也算宦海经历不少。总没见过你这么厚颜无耻的！此时我才真正明白，小人之所以为小人，因其不齿于独为小人。你自己做赃官，还要拉上我！好生听我劝，回去写一篇自劾文章，退出赃银，小小处分承受了，我在李制台那里还可替你周旋几句——哎哟！"

贺道台突然痛呼一声，双手紧紧捂住了肚子，霍地转过脸，怒睁双目盯着曹瑞，吭哧吭哧一句话也说不出。突然一道亮闪，小路子真真切切看到，贺道台那张脸苍白得像一张白纸，豆大的冷汗挂了满额满颊，只一双眼憋得血红，死盯着自己的两个仆人，半晌才艰难地说出几个字："我遭了恶奴毒手……"

"对了，贺露滢！"曹瑞哼地冷笑一声，"咱们侍候你到头了，明年今日是你周年！"说着一摆手，瑞二和他一同饿虎般扑上炕去，两个人用抹桌布死死捂着贺露滢的嘴，下死力按定了。瑞二狞笑着道："人家跟当官的出去，谁不指望着发财？你要做清官，我一家子跟着喝西北风——"一边说一边扳着贺露滢肩胛下死劲地搡："我叫你清！我叫你清！到地狱里'清'去！"

上天像是被这间小店中发生的人间惨案激怒了，透过浓重的黑云打了一个闪，把菜园子照得雪亮，几乎同时爆出一声震耳欲聋的炸雷，震得老房土簌簌落了小路子一脖子，旋即又陷入一片无边的黑暗里。只那倾盆大雨没头没脑地直泻而下，狂风呼啸中老桑树枝桠发颠似地狂舞着，湿淋淋的树叶发出令人心悸的沙沙声……

"解开他的腰带。"

小路子木头人一样看着：刘康和李瑞祥都已凑到

了灯前，李瑞祥手忙脚乱地半跪在炕上，解着贺露滢的腰带，站到炕上往房梁上挽套子。刘康满头热汗，用残茶冲洗那只有毒的杯子，煞白着脸急匆匆地说道："不要等他断气，就吊上去。不伸舌头，明儿验尸就会出麻烦……"说着将毫无挣扎力气的贺露滢脖子套上环扣，一头搭在房梁上，四个人合力一拉，那贺露滢只来得及狂喷一口鲜血，已是荡荡悠悠地被吊了上去。

一阵凉风裹着老桑枝卷下来，鞭子样猛抽了一下小路子的肩膀，他打了一个激灵，才意识到刚才那一幕可怖的景象并不是梦。他一下子清醒过来，第一个念头便是离开这是非之地。他透过窗纸又看看，却见曹瑞正在穿贺露滢的官服，一边戴帽子，一边对刘康说道："许下我们的三万还欠一万五，这是砍头的勾当。大人你若赖账，小人们也豁出去了……"瑞二道："我们只送你到二门，灯底下影影绰绰瞧着像姓贺的就成。"小路子再也不敢逗留，小心翼翼地挪动着两条麻木冰凉的腿，贴着墙根慢慢离开北窗，兀自听见刘康沉着的声音："记着，明儿我坐堂，不管怎么吆喝威吓，一口咬定是他自尽……把他写的东西烧干净，手脚利索些……"

小路子轻轻转过北房才透过一口气来，心头兀自怦怦狂跳，冲得耳鼓怪声乱鸣，下意识地揉了揉肚子，早已一点也不疼了，只觉得心里发空，头晕目眩，腿颤身摇要晕倒似的，听瑞二隔墙高唱一声："贺大人送客了！"小路子勉强撑住身子回到门面，见侧门那边瑞二高挑一盏油纸西瓜灯在前引着知府刘康，李瑞祥侧旁侍候着给刘康披油衣。当假贺露滢将刘康送到侧门门洞时，小路子心都要跳出胸腔了，睁着失神的眼看时，只听刘康道：

"大人请回步。卑职瞧着您心神有点恍惚，好生安息一夜，明儿卑职在衙专候。"

那假贺露滢不知咕哝了一句什么，便返身回院。小路子缩在耳房，隔着门帘望着刘康、李瑞祥徐徐过来，只用惊恐的眼睛望着这一对杀人凶手。外间申老板巴结请安声，众人脚步杂沓纷纷离去声竟一概没听清。他怎么也弄不明白，刚刚干过惨绝人寰坏事的刘康，居然那么安详那么潇洒自如！

和珅初露贪渎心[*]

　　再说和珅和马二侉子离了傅恒府，两个人没有坐轿，到前门馆子里吃了一顿涮羊肉，出来时天已向黑，约好第二日下午到军机处给阿桂回事便各自分手。和珅自回了驴肉胡同家里。这里名字虽臭，但其实是前明时的屠宰场，早已平废了盖起房子，年积月累成了一条曲曲弯弯不成方向的小巷。唯其名字不雅，房价也就低。和珅此时不阔，花了三百多两银子便买到两进两出一座大院。青堂瓦舍一色都是卧砖到顶的七成新房，倒也堂皇气派。他年不足二十，左保右保已是四品京堂，算得是少年高位了，新朋旧友荐

---

　　* 节选自《乾隆皇帝·天步艰难》第三十六回"心迷五色和珅情贪　力尽社稷延清归天"。

来当长随的也有二三十个，就中选了个机灵的叫马宝云的当了内管家，刘全跟班在任上行走。吴氏怜怜母女两个安排在后院，里外人都叫"嫂太太"，其实大伙上吃饭，和珅书房洒扫庭除浆洗针线活计也做。初合之家热热闹闹的倒也有点兴旺势头。和珅回到家里，已经掌灯时分，见吴氏端饭上来，一边坐了吃，笑问："刘全下来了没有？我这里不用你侍候，有他们随便弄点吃吃就成。大伙吃什么？还是馒头稀粥萝卜秧儿炒肉？"

"我不老不小的闹在后头做什么？别这么蛇蛇蝎蝎的女人似的。热水好了，吃过饭这里洗洗澡，睡着解乏。"吴氏张忙着端了热水又抹桌子，手脚不停口中说话，"刘全下关，带了一包东西在那柜顶上放着，还给账房上带回二百四十两银子，说是分的'利市'。我跟他说，这不是伙居过日子，也不是庙里挂海单，得有个管账先生，收支上头都由账房上管，家里看门、迎送客人、跟主子的，各司其差，有上下有内外才像个大人家。"说着，放下抹布，从头上拔下银簪剔灯。和珅见她穿着蜜合色杏花滚边大褂，套着雨过天青裙子，弯眉吊梢下一双水杏三角眼盯着灯芯，纤纤五指映着灯红里透亮，像一枝红玉兰般玲珑剔透，不禁痴痴的。吴氏有些觉得，自己审量了一下身上问道："你看什么？"

和珅咽了一口唾液，把碗推到一边，笑道："方才和老马一道吃过了，这菜好，你带回去给怜怜吃。"吴氏道："那你洗澡去，我等着你把脏衣服带回去洗。"和珅笑道："你可小心点，别叫风把灯吹灭了！"吴氏啐道："模样！刚吃饱几顿饭就学得油嘴滑舌，九宫娘娘庙里你晕着我给你洗擦，身上那个臭，到现在还恶心呢！"和珅笑着进里屋去了。

一时和珅洗毕更衣出来，吴氏抱着衣服去了。和珅便打开刘全带回的包裹看，一解开便怔住了。只见里边放着黄灿灿亮晶晶三个金元宝，还有一堆散碎银两，从三十两的台州纹饼到几钱重的银角子，一两大小的银锞子，合下来足有四百多两银子！还有个首饰匣子，和珅颤着手打开了，里头是三枝翘凤软金翅儿宫花簪，每枝上头珍珠盘攒嵌着一粒祖母绿——这就贵重得很了，其余还有几个极精致的内画鼻烟壶，四五挂伽楠香念珠……一堆物什在灯下五颜六彩，宝色光气摇曳不定，粗算一下这包东西至少也值五万银子……和珅觉得有点头晕，他也算见过世面的了，几曾有这么一堆宝贝放在自己近前！许久，他才从半醉中清醒过来，掩了包裹几步跨到门口喊道："刘全，刘全——你来!"

"唉——来了!"便听刘全的脚步从大伙房那边过来。他似乎喝过几杯，半眯着眼进门，看着和珅道："老爷叫我?""这些东西是怎么回事?"和珅指着桌子问道。刘全龇牙儿一笑，说道："还有二百四十两银子，是他们盘账，前头库银的余羡。这堆物件封在库房里，账面上也没有，大约是从前零碎过关，有的是贼赃截下来没有缴刑部，堆在破烂里头，您瞧这包袱破烂流丢的，人都不留意。我跟管库的说得交到您这里送内务府结盘，就提溜回来了。"和珅问："你给人家打条子了没有?"刘全木了脸，说道："老高在外头等我喝酒，没打条子。"

和珅哼了一声，说道："这值不少银子呢，明天我送内务府去。关里刚整顿有点头绪，你跟着我得有规矩。幸亏没打条子，不然多少斤两说不清，将来就是麻烦!"定了一下又道，"你歇着去吧。"

但这一夜他自己反而睡不着了。起初想得简单，从里头取出三串伽楠珠子。"傅太太不是要用吗?不用找老马，这几串孝敬了!"其余的一缴，然后放心吃饭睡觉办差!但想想不对：这是无头财宝，缴给谁便宜了谁也说不定，缴军机处肯定受表彰，但这算露了富——一次就缴五万，下次不能少了这个数。若说是前任余财，又要按规矩追究，那得罪的人就海了！若是不缴，分给关上兄弟，倒能落个好儿，只是若这次分了，下次分不分？分来分去容易分不匀，人们再借机总捞这个外快，前头的"整顿"算泡汤儿了……循着"留下"思路想，五万银子足可把这个家业好好作兴起来，能把房子修得和阿桂的宅院一样，花厅、花园、海子、假山、书楼、戏台……走马灯般在脑海里转。他想换个题目，想女人，从吴氏身上想到嘉兴楼的"小鸽儿"，从吴氏洗澡想到"小鸽儿"剥脱光了衣服，想来想去又转回来，那堆财宝仍在眼前晃，驱之不去挥之又来。他恼自己"没成色，没见过大世面"，"啪"地扇自己一耳光，坐起来，不睡了。但接下来就没再想"缴"这个字，一直想到鸡叫，和珅才迷迷糊糊睡沉了。

国泰贿贪臣 *

"和爷，方才你说进军机是真的？"吴氏坐在炕桌对面纳鞋底子，手里忙活着问道，"那不是也和桂中堂一样官封宰相，出入八抬大轿？说句该打嘴的话，我如今也是见过点世面的人了，多少人混个进士、举人，在乡里就张牙舞爪的横得螃蟹似的，你这么年轻，下头那一大群胡子老头子能服你？"和珅盘膝坐在炕南，啜着茶道："有点影儿，听圣旨到了才作得数儿。军机处就好比大家子里的管家，'宰相'是外官的逢迎话——因为有权，日日能见皇上罢了——我这身份儿能进个侍郎就不错了，和阿桂他们比不

---

* 节选自《乾隆皇帝·云暗凤阙》第七回"邀恩幸舍粥济穷民　贿贪臣和府拆烂污"。

得——你说老高家从国泰那带来物件，是什么东西？我瞧瞧。"吴氏笑道："喏，就在你身子后头，那一包就是。我也没看它。"

和珅回头，果见窗下炕上放着个包裹，掂起来觉得甚是体沉……就灯下打开看，是三个书匣子模样的小箱子，上头标着封签：

致斋大人先生亲启

没有题头也没有落款。他小心拆了封签，第一匣打开便吃惊得倒抽一口冷气，原来是一把青铜剑，斜宽从狭前锷后格圆茎有箍式样儿，通体漆黑发亮，霜刃在灯下熠熠闪光，地地道道的"古漆黑"，小心捧起来看，上有篆文"李斯珍用"四个字，旁刻回字不到头菱形花纹。他看老了古董的，一眼瞥去已是瞳仁闪光：这是地道的战国古剑，坐定是李斯遗物，此剑价值在十万两白银以上！吴氏见他发呆，笑道："这是什么物件？哪个铁匠炉里淬黑了的，也拿来送礼！和珅觉得心头扑扑直跳，又打开第二匣，却是一方端砚，本身并不十分出色，但砚座砚边都用厚厚一块整金嵌定，用的金子足有五六斤，黄黄的锃亮，闪着耀目光芒⋯⋯连吴氏也停了活计，看呆了。和珅觉得手指头都冰凉的，微微抖索着又揭开第三匣封条，里边红绫包裹挽成个喜字儿，拿起来轻飘飘的，展开看时是几张银票，都是一万两见票即兑的龙头银票，一崭儿新。还有一张纸，却是官契，题头写着：

通州东官屯庄园一座，计佃户一百二十四家，场院、牛棚、马厩、猪圈、羊圈一应列单于左。田土计三千二百亩，北至惠济河堤，南至通渠双闸，东至接官亭南侧，西至大柳坡堤。庄头郝发贵率财计钱粮上人、针线上人、作坊上人并护园庄丁十二名恭叩主子和大人讳珅金安金福⋯⋯

这又是赠了一座庄园，零碎的不算，单是通州三千亩地，合计银子就值小五十万两银子！⋯⋯和珅看着后边密密麻麻的庄园财物清单，已经头晕，眼前字迹也花了，蝌蚪一样在纸上游走⋯⋯他失神地放下那张折页，心里一片空白，似乎想收摄心神，清清亮亮地想事情，但一下子又乱得一塌糊涂。吴氏见他这个样儿，笑着问道："你发什么愣呢？还有难住你的事儿么？"

"唔——噢……"和珅这才惊醒过来，指着三个匣子道，"你知道这份礼值多少钱？八十万两银子！"

吴氏手里正用锥子穿鞋底儿，一个失手扎了左手中指。激灵一哆嗦，见已经出血，忙放在唇上吮着，又丢了手失惊道："天爷！国巡抚这么有钱，这么大方的呀?！你给他办了什么事，这么谢你的？"和珅用手指头搓着眉心，此刻心里才清明起来——在官场人场市面世面一直打滚儿，至此才算知道总督巡抚这等"诸侯"的手面。直是府道厅级官员们梦想不到的阔绰！但既肯出这么骇人的数儿，也必有骇人的事儿要托自己斡旋料理——说是"谢"，其实自己在刑部替国泰家人说的几个案子压根不值一谢，那么就是有大事求自己了。但自己现在能帮国泰办什么大事？又觉得毫无把握……良久，他喟然一叹，说道："国泰的鼻子比狗还灵，耳朵比兔子还长啊……他是知道我在万岁爷跟前如今走动得，预先放个地步儿……"他也想明白了，便不肯在吴氏跟前露出小家子气，他的口气已变得无所谓："这也不算什么大不了的事儿。东西先放这，他们必定还要和我细说的，当然能办的就帮，不然就退还给他就是了。"吴氏道："我就宾服你

这一条。多大的事拿得起撂得下——这事搁在器量小
点人身上，骨头都要唬软了呢！"顿了顿又问道："你
接手崇文门关税的时候，前头清理账目，那笔遗财也
有七八万两。原是不能动用的，这过了几年，咱们家
添人进口，摊子也大了，俸钱月例都是寅吃卯粮，已
经挪用了五千多，那钱放着也是死钱，不如放出去收
些息，家里也能得些添补。"

　　"那几件东西当初还是一块心病。几万两银子的
东西竟没主儿，没账可查！"和珅笑道，"现在看来和
眼前这几个匣子大约是一回事。因为来不及办两造
里都败了，又都不敢说！这就是老天爷关照我和珅
了——你不要放债，传出去名声不好。用怜卿的名儿
或你的名儿办一处当铺，常流水的进项，家里也就宽
裕了。"说着收拾那个包裹。隔桌打量吴氏，只见她
穿一身蜜合色对襟儿湖绸夹褂，梳得光可鉴人的一头
乌发绾了个苏州橛儿微微偏右项后，露着白生生的脖
颈，这几年舒心日子，原来微黄的脸已变得粉白红
润，已近四十的人了，眼角连鱼尾纹也没有，那双小
巧的手挽着活计，微微露出雪白的腕臂。微笑着，左
颊上灯影里看得若隐若现，酒窝都粉莹莹的……和珅
手一颤，顿时有点意马心猿的。

责任编辑：崔秀军

版式设计：顾杰珍

封扉设计：汪　莹

责任校对：吕　飞

图书在版编目（CIP）数据

二月河说反腐 / 二月河著 . – 北京：人民出版社，2015.9（2019.1 重印）

ISBN 978 – 7 – 01 – 015059 – 8

I. ①二…　II. ①二…　III. ①随笔 – 作品集 – 中国 – 当代　IV. ① I267.1

中国版本图书馆 CIP 数据核字（2015）第 162875 号

二月河说反腐

ERYUEHE SHUO FANFU

二月河 著

人民出版社 出版发行

（100706　北京市东城区隆福寺街 99 号）

北京汇林印务有限公司印刷　新华书店经销

2015 年 9 月第 1 版　2019 年 1 月北京第 5 次印刷

开本：710 毫米 ×1000 毫米 1/16　印张：12

字数：100 千字

ISBN 978 – 7 – 01 – 015059 – 8　定价：29.80 元

邮购地址 100706　北京市东城区隆福寺街 99 号

人民东方图书销售中心　电话（010）65250042　65289539